民國文化與文學研究文叢

十五編

李 怡 主編

第 1 冊

尋找文學的蹤跡
（民國文學卷）（上）

陳 國 恩 著

國家圖書館出版品預行編目資料

尋找文學的蹤跡（民國文學卷）（上）／陳國恩 著 -- 初版
-- 新北市：花木蘭文化事業有限公司，2022〔民111〕
序 16+ 目 2+128 面；19×26 公分
（民國文化與文學研究文叢 十五編；第 1 冊）
ISBN 978-986-518-959-4（精裝）
1.CST：中國當代文學 2.CST：文學評論
820.9   111009879

特邀編委（以姓氏筆畫為序）：

丁　帆	王德威	宋如珊
岩佐昌暲	奚　密	張中良
張堂錡	張福貴	須文蔚
馮　鐵	劉秀美	

ISBN-978-986-518-959-4

9 789865 189594

民國文化與文學研究文叢
十五編　第一冊　　　　　　　　　ISBN：978-986-518-959-4

尋找文學的蹤跡（民國文學卷）（上）

作　　者　陳國恩
主　　編　李　怡
企　　劃　四川大學中國詩歌研究院
總 編 輯　杜潔祥
副總編輯　楊嘉樂
編輯主任　許郁翎
編　　輯　張雅淋、潘玟靜、劉子瑄　美術編輯　陳逸婷
出　　版　花木蘭文化事業有限公司
發 行 人　高小娟
聯絡地址　235 新北市中和區中安街七二號十三樓
　　　　　電話：02-2923-1455 ／傳真：02-2923-1452
網　　址　http://www.huamulan.tw 信箱 service@huamulans.com
印　　刷　普羅文化出版廣告事業
初　　版　2022 年 9 月
定　　價　十五編 21 冊（精裝）新台幣 55,000 元

尋找文學的蹤跡
（民國文學卷）（上）

陳國恩　著

作者簡介

陳國恩，浙江師範大學人文學院客座教授，武漢大學文學院教授，博士生導師，兼任中國聞一多研究會會長、中國魯迅研究會副會長，主要從事中國現代文學教學和研究。出版著作《浪漫主義與 20 世紀中國文學》《圖本胡適傳》《俄蘇文學在中國的傳播與接受》等 18 部，發表論文三百餘篇，主編博士原創學術論叢 19 種。完成多項國家社科基金重點項目、教育部項目，多次獲省政府社會科學優秀成果獎。2005 年獲寶鋼優秀教師獎。

提　　要

　　文學是想像力的產物，既聯繫著歷史與現實，又折射出人的精神世界。這本《尋找文學的蹤跡》以 1949 年為界，把兩個時段的作家、作品以及文學現象的考察，分在民國卷和共和國卷，按「作品論」、「作家論」、「思潮論」等專題編排。前後兩卷的內容，都貫徹了從歷史維度進行文學的審美研究的批評觀，堅持文學欣賞是在審美中放飛心靈的原則，通過解讀經典，審視作家，研究文學現象，來尋找文學創造的奧秘，探討它所蘊藏的社會歷史主題。這些內容大部分在 2012 ～ 2017 年期間以論文形式發表於學術期刊，也有個別超出這個時段的，皆在各篇的文末注明了發表的刊物。民國卷的一小部分是根據幾次學術講座的錄音整理而成，共和國卷的末尾則是我的一份學術年譜和兩位友人寫的關於我的文章。感謝他們的美言，有興趣的讀者可以當作閱讀這兩本小書的一個參考。

從地方文學、區域文學到地方路徑
——《民國文化與文學研究文叢‧十五編》引言

李 怡

　　2020 年，我在《成都與中國現代文學發生的地方路徑問題》中，以內陸腹地的成都為例，考察了李劼人、郭沫若等「與京滬主流有異」的知識分子的個人趣味、思維特點，提出這裡存在另外一種近現代嬗變的地方特色。這一走向現代的「地方路徑」值得剖析，它與多姿多彩的「上海路徑」「北平路徑」一起，繪製出中國文學走向現代的豐富性。沿著這一方向，我們有望打開現代文學研究的新的可能。〔註 1〕同年 1 月，《當代文壇》開始推出我主持的「地方路徑與文學中國」的學術專欄，邀請國內名家對這一問題展開多方位的討論，到 2021 年年中，共發表論文 33 篇，涉及四川、貴州、昆明、武漢、安徽、內蒙古、青海、江南、華南、晉察冀、京津冀、綏遠、粵港澳大灣區等各種不同的「地方」觀察，也有對作為方法論的「地方路徑」的探討。2020 年 9 月，中國作協創研部、四川省作協、中國人民大學書報資料中心、《當代文壇》雜誌社還聯合舉行了「地方路徑與文學中國」學術研討會，國內知名學者與專家濟濟一堂，就這一主題的問題深入切磋，到會學者包括阿來、白燁、程光煒、吳俊、孟繁華、張清華、賀仲明、洪治綱、張永清、張潔宇、謝有順等等。〔註 2〕2021 年 10 月，中國現代文學理事會在成都召開，會

〔註 1〕 李怡：《成都與中國現代文學發生的地方路徑問題》，《文學評論》2020 年 4 期。

〔註 2〕 研討會情況參見劉小波：《地方路徑與文學中國——「2020 中國文藝理論前沿峰會暨四川青年作家研討會」會議綜述》，《當代文壇》2021 年 1 期。

議主題也確定為「地方路徑與中國現代文學」，線上線下與會學者 100 餘人繼續就「地方路徑」作為學術方法的諸多話題廣泛研討，值得一提的是，這一主題會議還得到了第一次設立的國家社科基金「學術社團主題學術活動資助」。

經過了連續兩年的醞釀和傳播，「地方路徑」的命題無論是作為理論方法還是文學闡述的實踐都已經產生了重要的影響，在這個時候，需要我們繼續推進的工作恰恰可能是更加冷靜和理性的反思，以及在更大範圍內開展的文學批評嘗試。就像任何一種理論範式的使用都不得不經受「有限性」的警戒一樣，「地方路徑」作為新的文學研究方式究竟緣何而來，又當保持怎樣的審慎，需要我們進一步辨析；同時，這種重審「地方」的思維還可以推及什麼領域，帶給我們什麼啟發，我們也可以在更多的方向上加以嘗試。

一

「名不正，則言不順」，這是《論語》的古訓，20 世紀 50 年代以來，西方史學發現了「概念」之於歷史事實的重要意義，開啟了「概念史」（conceptual history）的研究。這是我們進一步推進學術思考的基礎。

在這裡，其實存在著一系列相互聯繫卻又頗具差異的概念。地方文學、地域文學、區域文學、文學地理學以及我所強調的地方路徑，它們絕不是同一問題的隨機性表達，而是我們對相近的文學與文化現象的不同的關注和提問方式。

雖然「地方」這一名詞因為「地方性知識」的出現而變得內涵豐富起來，但是在我們的實際使用當中，「地方文學」卻首先是一個出版界的現象而非嚴格的概念，就是說它本身一直缺乏認真的界定。地方文學的編撰出版在 1990 年代以後逐漸升溫，但凡人們感到大中國的文學描述無法涵蓋某一個局部的文學或文化現象之時，就會自然而然地將它放置在「地方」的範疇之中，因為這樣一來，那些分量不足以列入「中國文學」代表的作家作品就有了鄭重出場、載入史冊的理由。近年來，在大中國文學史著撰寫相對平靜的時代，各地大量湧現了以各自省市為單位的地方文學史，不過，這種編撰和出版的行為常常都與當地政府倡導的「文化工程」有關，所以其內在的「地方認同」或「地方邏輯」往往不甚清晰，不時給人留下了質疑的理由。

這種質疑很容易讓我們聯想到「區域文學」與「地域文學」的分歧。學

界一般認為，「地域文學」就是在語言、民俗、宗教等方面的相互認同的基礎上形成的文學共同體形態，這種地區內的文學共同體一般說來歷史較為久遠、淵源較為深厚，例如江左文學、江南文學、江西詩派等等；「區域文學」也是一種地區性的文學概念，不過這樣的地區卻主要是特定時期行政規劃或文化政治的設計結果，如內蒙古文學、粵港澳大灣區文學、京津冀文學等等，其內在的精神認同感明顯少於地域文學。「『地域』內部的文化特徵是相對一致的，這種相對一致性是不同的文化特徵長期交流、碰撞、融合、沉澱的結果，不是行政或其他外部作用所能短期奏效的。而『區域』內部的文化特徵往往是異質的，尤其是那種由於行政或者其他原因而經常變動、很難維持長期穩定的區域，其文化特徵的異質性更明顯。」〔註3〕在這個意義上，值得縱深挖掘的區域文學必須以區域內的歷史久遠的地域認同為核心，否則，所謂的區域文學史就很可能淪為各種不同的作家作品的無機堆砌，被一些評論者批評為「邏輯荒謬的省籍區域文學史」，「實際上不但割裂了而且扭曲了文化的真實存在形態」。〔註4〕1995年，湖南教育出版社開始推出嚴家炎先生主編的《二十世紀中國文學與區域文化》叢書，涉及東北文學、三晉文學、齊魯文學、巴蜀文學、西藏雪域文學等等，歷經近二十年的沉澱，這套叢書在今天看來總體上還是成功的，因為它雖然以「區域」命名，卻實則以「地域文學」的精神流變為魂，以挖掘區域當中的地域精神的流變為主體。相反，前面所述的「地方文學」如果缺乏嚴格的精神的挖掘和融通，同樣可能抽空「地方性」的血脈，徒有行政單位的「地方」空殼，最終讓精神性的文學現象僅僅就是大雜燴式的文學「政績」的整合，從而大大地降低了原本暗含著的歷史價值。

中國傳統文化其實也一直關注和記錄著地域風俗的社會文化意義，《詩經》與《楚辭》的差異早就為人們所注目，《禹貢》早已有清晰明確的地域之論，《漢書》《隋書》更專列「地理志」，以各地山川形勝、風土人情為記敘的內容，由此開啟了中國文化綿邈深遠的「地理意識」。新時期以後，中國文學研究以古代文學為領軍，率先以「文學地理」的概念再寫歷史，顯然就是對這一傳統的自覺承襲，至新世紀以降，文學地理學的理論建構日臻自覺，似有一統江山，整合各種理論概念之勢——包括先前的地域文學、區域文學。有學者總結認為：「文學地理學是由中國本土學者提出並發展起來的一門學

〔註3〕曾大興：《「地域文學」的內涵及其研究方法》，《東北師大學報》2016年5期。
〔註4〕方維保：《邏輯荒謬的省籍區域文學史》，《揚子江評論》2012年2期。

科，也是由中國本土學者提出與發展起來的一種新的文學批評方法。」〔註5〕這也是特別看重了這一理論建構與中國傳統文化的深刻聯繫。

當然，也正如另外有學者所考證的那樣，西方思想史其實同樣誕生了「文學地理學」的概念，並且這一概念也伴隨著晚清「西學東漸」進入中國，成為近代中國文學地理思想興起的重要來源：「文學地理學是 18 世紀中葉康德在他的《自然地理學》中提出的一個地理學概念，由於康德的自然地理學理論蘊涵著豐富的人文地理學和地域美學思想，在西方美學和文學批評中產生了深遠的影響。清末民初，在西學東漸和強國新民的歷史大潮中，梁啟超、章太炎、劉師培等人將康德的『文學地理學』和那特硜的『政治學』用於中國古代文學藝術南北差異的研究，開創了中國文學地理學的學科歷史。」〔註6〕認真勘察，我們不難發現西方淵源的文學地理學依然與我們有別：「在康德的眼裏，文學地理學是地理學的一個分支學科而不是文學的分支學科」〔註7〕，後來陸續興起的文化地理學，也將地理學思維和方法引入文學研究，改變了傳統文學研究感性主導色彩，使之走向科學、定量和系統性，而興起於後殖民時代的地理批評以「空間」意識的探究為中心，強調作品空間所體現的權力、性別、族群、階級等意識，地理空間在他們那裡常常體現為某種的隱喻之義，現代環境主義與生態批評概念中的「地方」首先是作為「感知價值的中心」而非地理景觀，用文化地理學家邁克・克朗的話來說就是：「文學作品不能被視為地理景觀的簡單描述，許多時候是文學作品幫助塑造了這些景觀。」〔註8〕較之於這些來自域外的文學地理批評，中國自己的研究可能一直保持了對地方風土的深情，並沒有簡單隨域外思潮起舞，雖然在宏觀層面上，我們還是承認，現當代中國的文學地理學是對外開放、中西會通的結果。

「地方路徑」一說是在以上這些基本概念早已經暢行於世之後才出現的，於是，我們難免會問：新的概念是不是那些舊術語的隨機性表達？或者，是不是某種標新立異的標題招牌？

這是我們今天必須回答的。

〔註5〕鄒建軍：《文學地理學：批評和創作的雙重空間》，《臨沂大學學報》2017 年 1 期。

〔註6〕鍾仕倫：《概念、學科與方法：文學地理學略論》，《文學評論》2014 年 4 期。

〔註7〕鍾仕倫：《概念、學科與方法：文學地理學略論》，《文學評論》2014 年 4 期。

〔註8〕【英】邁克・克朗（Mike Crang）：《文化地理學》，楊淑華、宋慧敏譯，南京大學出版社 2003 年版，第 55 頁。

二

在現代中國討論「地方路徑」，容易引起的聯想是，我們是不是要重提中國文學在各個地方的發展問題？也就是說，是不是要繼續「深描」各個區域的文學發展以完整中國文學的整體版圖？

我們當然關注現代中國文學的一系列共同性的問題，而不是試圖將自己侷限在大版圖的某一局部，為失落在地方的文學現象拾遺補缺，從這個意義上來說，跨出地方的有限性，進入區域整合的視野甚至民族國家的視野乃題中之義。但是，這樣的嘗試卻又在根本上有別於我們曾經的區域文學研究。

在中國，區域文學與文化研究集中出現在 1990 年代中期，本質上是 1980 年代以來「走向世界」的改革開放思潮的一種延續。嚴家炎先生主編的《二十世紀中國文學與區域文化》叢書最早在 1995 年推出，作為領命撰寫四川現代文學與巴蜀文化的首批作者，我深深地浸潤於那樣的學術氛圍，感受和表達過那種從區域文化的角度推進文學現代化進程的執著和熱誠。在急需打破思想封閉、融入現代世界的那種焦慮當中，我們以外來文化為樣本引領中國文學與文化的渴望無疑是真誠的，至今依然閃耀著歷史道義的光輝，但是，心態的焦慮也在自覺不自覺中遮蔽了某些歷史和文化的細節，讓自我改變的激情淹沒了理性的真相。例如，我們很容易就陷入了對歷史的本質主義的假想，認為歷史的意義首先是由一些巨大的統攝性的「總體性質」所決定的，先有了宏大的整體的定性才有了局部的意義，中國文化的現代化進程也是如此，先有了整個國家和民族的現代觀念，才逐步推廣到了不同區域、不同地方的思想文化活動之中，也就是說，少數先知先覺的知識分子對西方現代化文化的接受、吸收，在少數先進城市率先實踐，形成了中國現代文化的「總體藍圖」，然後又通過一代又一代的艱苦努力，傳播到更為內陸、更為偏遠的其他區域，最終完成了全中國的現代文化建設。雖然區域文學現象中理所當然地涵容著歷史文化的深刻印記，但是作為「現代文學」的歷史進程的重要環節，我們的主導性目標還是考察這一歷史如何「走向世界」、完成「現代化」的任務，所以在事實上，當時中國文學的區域研究的落腳點還是講述不同區域的地方文化如何自我改造、接受和匯入現代中國精神大潮的故事。這些故事當然並非憑空捏造，它就是中國文化在近現代與外來文化交流、溝通的基本事實，然而，在另外一方面的也許是更主要的事實卻可能被我們有所忽略，那就是文化的自我發展歸根到底並不是移植或者模仿的結果，而是自我的一

種演進和生長，也就是說，是主體基於自身內在結構的一種新的變化和調整，這裡的主體性和內源性是不可或缺的基礎。如果說現代中國文學最終表現出了一種不容迴避的「現代性」，那麼也必定是不同的「地方」都出現了適應這個時代的新的精神的變遷，而不是少數知識分子為中國先建構起了一個大的現代的文化，然後又設法將這一文化從中心輸送到了各個地方，說服地方接受了這個新創建的文化。在這個意義上，地方的發展彙集成了整體的變化，是局部的改變最後讓全局的調整成為了現實。所謂的「地方路徑」並非是偏狹、個別、特殊的代名詞，在通往「現代」的征途上，它同時就是全面、整體和普遍，因為它最後形成的輻射性效應並不偏於一隅，而是全局性的、整體性的，只不過，不同「地方」對全局改變所產生的角度與方向有所不同，帶有鮮明的具體場景的體驗和色彩。從這裡，我們可以得出結論：在現代中國文學的學術史上，我們曾經有過的區域文化研究其實還是國家民族的大視角，區域和地方不過是國家民族文學的局部表現；而地方路徑的提出則是還原「地方」作為歷史主體性的意義，名為「地方」，實則一個全局性的民族文化精神嬗變的來源和基礎，可謂是以「地方」為方法，以民族文化整體為目的。

「地方」以這種歷史主體的方式出場，在「全球化」深化的今天，已經得到了深刻的證明。

在當今，全球化依然是時代的主題。然而，越來越多的人都開始意識到一個重要的問題：全球化是不是對體現於「地方」的個性的覆蓋和取消呢？事實可能很明顯，全球化不僅沒有消融原本就存在的地方性，而且林林種種的地方色彩常常還借助「反全球化」的浪潮繼續凸顯自己，在一個相當長的時期內，全球化和地方性都會保持著一種糾纏不清的關係，有矛盾衝突，但也會彼此生發。

文學與地方的關係也是如此。現代中國的文學一方面以「走向世界」為旗幟，但走向外部世界的同時卻也不斷返回故土，反觀地方。這裡，其實存在一個經由「地方路徑」通達「現代中國」的重要問題。

何謂「現代中國」？長期以來，我們預設了一些宏大的主題——中國社會文化是什麼？中國文學有什麼歷史使命、時代特點？不同的作家如何領悟和體現這樣的歷史主題？主流作家在少數「中心城市」如何完成了文學的總體建構？然而，文學的發生歸根到底是具體的、個人的，人的文學行為與包裹著他的生存環境具有更加清晰的對話關係，也就是說，文學人首先具有切

實的地方體驗，他的文學表達是當時當地社會文化的有機組成部分，文學的存在首先是一種個人路徑，然後形成特定的地方路徑，許許多多的「地方路徑」，不斷充實和調整著作為民族生存共同體的「中國經驗」，當然，中國整體經驗的成熟也會形成一種影響，作用於地方、區域乃至個體的大傳統，但是必須看到，地方經驗始終存在並具有某種持續生成的力量，而更大的整體的「大傳統」卻不是一成不變的，「大傳統」的更新和改變顯然與地方經驗的不斷生成關係緊密。正是在這個意義上，我們認為，並不是大中國的文化經驗「向下」傳輸逐漸構成了「地方」，「地方」同樣不斷凝聚和交融，構成了跨越區域的「中國經驗」。「地方經驗」如何最終形成「中國經驗」，這與作為民族共同體的「中國」如何降落為地方性的表徵同等重要！在現代中國文學發展的過程之中，不僅有「文學中國」的新經驗沉澱到了天南地北，更有天南地北的「地方路徑」最後匯集成了「文學中國」的寬闊大道。〔註9〕

這樣，我們的思維就與曾經的區域文學研究有所不同了。

在另外一方面，地方路徑的提出也意味著我們將有意識超越「地域文學」或者「地方文學」的方式，實現我們聯結民族、溝通人類的文學理想。

如前所述，我們對區域文學研究「總體藍圖」的質疑僅僅是否定這樣一種思維：在對「地方」缺乏足夠理解和認知的前提下奢談「走向世界」，在缺乏「地方體驗」的基礎上空論「全球一體化」，但是，這卻並不意味著我們要固守在「地方」之一隅，或者專注於地方經驗的打撈來迴避民族與人類的共同問題，排斥現代前進的節奏。與「區域文學」「地方文學」的相對靜止的歷史描述不同，「地方路徑」文學研究的重心之一是「路徑」，也就是追蹤和挖掘現代中國文學如何嘗試現代之路的歷史經驗，探索中國文學介入世界進程的方式。換句話說，「路徑」意味著一種歷史過程的動態意義，昭示了自我開放的學術面相，它絕不是重新返回到固步自封的時代，而是對「走向世界」的全新的闡發和理解。

同樣，我們也與「文學地理學」的理論企圖有所不同，建構一種系統的文學研究方法並非我們的主要目的，從根本上看，我們還是為了描述和探討中國文學從傳統進入現代，建設現代文學的過程和其中所遭遇的問題，是對現代中國文學的「現象學研究」，而不是文藝學的提升和哲學性的概括。當然，包括中外文學地理學的視角、方法都可能成為我們的學術基礎和重要借鑒。

〔註9〕參見李怡：《「地方路徑」如何通達「現代中國」》，《當代文壇》2020年1期。

三

現代中國文學的「地方路徑」研究當然也有自己的方法論背景，有著自己的理論基礎的檢討和追問。

「地方路徑」的提出首先是對文學與文化研究「空間意識」的深化。

傳統的文學研究，幾乎都是基於對「時間神話」的迷信和依賴。也就是說，我們大抵都相信歷史的現象是伴隨著一個時間的流逝而漸次產生的，而時間的流逝則是由一個遙遠的過去不斷滑向不可知的未來的勻速的過程，時間的這種不以人的意志為轉移的勻速前進方式成為了我們認知、觀察世界事物的某種依靠，在很多的時候，我們都是站在時間之軸上敘述空間景物的異樣。但是，二十世紀的天體物理學卻告訴我們，世界上並沒有恆定可靠的時間，時間恰恰是依憑空間的不同而變化多端。例如愛因斯坦、霍金等人的宇宙觀恰恰給予了我們更為豐富的「相對」性的啟示：沒有絕對的時間，也沒有絕對的空間，時間總是與空間聯繫在一起，不同的空間有不同的時間。「相對論迫使我們從根本上改變了我們的時間和空間觀念。我們必須接受，時間不能完全脫離開和獨立於空間，而必須和空間結合在一起形成所謂的時空的客體。」〔註10〕二十世紀以後尤其是 1970 年代以後，西方思想包括文學研究在內出現了眾所周知的「空間轉向」，傳統觀念中的對歷史進程的依賴讓位於對空間存在的體驗和觀察，這些理念一時間獲得了廣泛的共識：「當今的時代或許應是空間的紀元……我們時代的焦慮與空間有著根本的關係，比之與時間的關係更甚。」〔註11〕「在日常生活裏，我們的心理經驗及文化語言都已經讓空間的範疇、而非時間的範疇支配著。」〔註12〕「一方面，我們的行為和思想塑造著我們周遭的空間，但與此同時，我們生活於其中的集體性或社會性生產出了更大的空間與場所，而人類的空間性則是人類動機和環境或語境構成的產物。」〔註13〕有法國空間理論家列斐伏爾等人的倡導，經由福柯、

〔註10〕【英】霍金：《時間簡史》，吳忠超譯，湖南科學技術出版社 2002 年版，第 22 頁。

〔註11〕【法】福柯：《不同空間的正文與上下文》，陳志悟譯，見包亞明主編：《後現代性與地理學的政治》，上海教育出版社 2001 年版，第 18 頁、20 頁。

〔註12〕【美】詹明信：《晚期資本主義文化的邏輯：詹明信批評理論文選》，陳清僑等譯，三聯書店 1997 年版，第 450 頁。

〔註13〕愛德華・索亞語，見包亞明：《後大都市與文化研究・前言：第三空間、後大都市與文化研究》，上海教育出版社 2005 年版，第 1 頁。

詹姆遜、哈維、索雅等人的不斷開拓，文學的空間批評得到了前所未有的長足發展，文本中的空間不再只是故事發生的背景，而是作為一種象徵系統和指涉系統，直接參與到了主題與敘事之中，空間因素融入傳統的社會歷史批評、文化批評、性別批評、精神批評等，激活了這些傳統文學研究的生命力，它又對後現代性境遇下人們的精神遭際有著獨到的觀察和解讀，從而切合了時代的演變和發展。

如同地理批評遠遠超出了地方風俗的文學意義而直達感知層面的空間關係一樣，西方文學界的空間批評更側重於資本主義成熟年代的各種權力關係的挖掘和洞察，「空間」隱含的主要是現實社會中的制度、秩序和個人對社會關係的心理感受。

在中國現代文學的研究中，我們長期堅信西方「進化論」思想的傳入是驚醒國人的主要力量，從嚴復的「天演公例」到梁啟超的「新民說」、魯迅的「國民性改造」，中國文學的歷史巨變有賴於時間緊迫感的喚起，這固然道出了一些重要的事實，然而，人都是生存於具體而微的「空間」之中的，是這一特殊「地方」的人生和情感的體驗真實地催動了各自思想變化，文學的現代之變，更應該落實到中國作家「在地方」的空間意識裏。近現代中國知識分子，同樣生成了自己的「空間意識」：

中國近現代知識分子是在一種極為特殊的條件下形成自己的時空觀念的。不是時間觀念的變化帶來了他們空間觀念的變化，而是空間觀念的變化帶來了他們時間觀念的變化。我們知道，正是由於鴉片戰爭之後中國的知識分子發現了一個「西方世界」，發現了一個新的空間，他們的整個宇宙觀才逐漸發生了與中國古代知識分子截然不同的變化。

中國現代知識分子的「地理大發現」，發現的卻是一個無法統一起來的世界，一個造成了空間割裂感的事實。這種空間割裂感是由於人的不同而造成的。

我們既不能把西方世界完全納入到我們的世界中來，成為我們這個世界的一個有機組成部分，我們也不願把我們的世界納入到西方世界中去，成為西方世界的一個有機組成部分。二者的接近發生的不是自然的融合，而是彼此的碰撞。

上帝管不了中國，孔子管不了西方，兩個空間結構都變成了兩

個具有實體性的結構，二者之間的衝撞正在發生著。一個統一的沒有隙縫的空間觀念在關心著民族命運的中國近現代知識分子的意識中可悲地喪失了。這不是一個他們願意不願意的問題，而是一個不能不如此的問題；不是一個比中國古代知識分子「先進」了或「落後」了的問題，而是一個他們眼前呈現的世界到底是一個什麼樣子的問題。正是這種空間觀念的變化，帶來了他們時間觀念的變化。〔註14〕

近現代中國知識分子同樣在「空間」感受中體驗了現實社會中的制度與秩序，覺悟了各種不平等的權力關係，但是，與西方不同的在於，我們在「空間」中的發現主要還不是存在於普遍人類世界中的隱蔽的命運，它就是赤裸裸的國家民族的困境，主要不是個人的特異發現，而是民族群體的整體事實，它既是現實的、風俗的，又是精神的、象徵的，既在個人「地方感」之中，又直陳於自然社會之上。從總體上看，近現代中國的空間意識不會像西方的空間批評那樣公開拒絕地方風土的現實「反映」，而是融現實體驗與個人精神感受於一爐。我覺得這就為「地方路徑」的觀察留下了更為廣闊的可能。

「地方路徑」的提出也是對域外中國學研究動向的一種回應。

海外的中國學研究，尤其是美國漢學界對現代中國的觀察，深受費正清「衝擊／反應」模式的影響，自覺不自覺地站在西方中心的立場上，以西歐社會的現代化模式來觀察東方和中國，認定中國社會的現代化不可能源自本土，只能是對西方衝擊的一種回應。不過，在 1930、40 年代以後，這樣的思維開始遭受到了漢學界內部的質疑，以柯文為代表的「中國中心觀」試圖重新觀察中國社會演變的事實，在中國自己的歷史邏輯中梳理現代化的線索。伴隨著這樣一些新的學術思想的動態，西方漢學界正在發生著引人矚目的變化：從宏大的歷史概括轉為區域問題考察，從整體的國家民族定義走向對中國內部各「地方」的再發現，一種著眼於「地方」的文學現代進程的研究正越來越多地顯示著自己的價值，已經有中國學者敏銳地指出，這些以「地方」研究為重心的域外的方法革新值得我們借鑒：「從時間與空間起源上，探究這些地區如何在大時代的激蕩中形成具有現代意義的文學觀念、如何生發具有地域特色的文學文本，考察文學與非文學、本土與異域、沿海

〔註14〕王富仁：《時間・空間・人（一）》，《魯迅研究月刊》2000 年 1 期。

與內地、中心與邊緣之間的多元關係，便不失為中國現代文學研究的一種新路徑。」〔註15〕

　　當然，必須指出的是，中國學者對「地方路徑」問題的發現在根本上說還是一種自我發現或者說自我認知深化的結果，是創立中國學術主體性的積極體現。以我個人的研究為例，是探尋近現代白話文學發生的過程中，接觸到了李劼人的成都寫作，又借助李劼人的地方經驗體驗到了一種近代化的演變曾經在中國的地方發生，隨著對李劼人「周邊」的摸索和勘察，我們不斷積累著「地方」如何自我演變的豐富事實，又深深地體悟到這些事實已經不再能納入到西方—中國先進區域—偏遠內陸這樣一個傳播鏈條來加以解釋了。與「中國中心觀」的相遇也出現在這個時候，但是，卻不是「中國中心觀」的輸入改變了我們的認識，而是雙方的發現構成了有益的對話。這裡的啟示可能更應該做這樣的描述：在我們力求更有效地擺脫「西方中心」觀的壓迫性影響、從「被描寫」的尷尬中嘗試自我解放、重新獲得思想主體性的時候，是西方學者對他們學術傳統的批判加強了這一自我尋找的進程，在中國人自己表述自己的方向上，我們和某些西方漢學家不期而遇，這裡當然可以握手，可以彼此對話和交流，但是卻並不存在一種理論上的「惠賜」，也再不可能出現那種喪失自我的「拜謝」，因為，「地方路徑」的發現本身就是自我覺醒的結果。這裡的「地方」不是指那種退縮式的地方自戀，而是自我從地方出發邁向未來的堅強意志。在思考人類共同命運和現代性命題的方向上我們原本就可以而且也能夠相互平等對話，嚴肅溝通，當我們真正自覺於自我意識、自覺於地方經驗的時候，一系列精神性的話題反而在東西方之間有了認同的基礎，有了交談的同一性，或者說，在這個時候，地方才真正通達了中國，又聯通了世界。在這個時候，在學術深層對話的基礎上，主體性的完成已經不需要以「民族道路的獨特性」來炫示，它同時也成為了文學世界性，或者說屬於真正的「人類命運共同體」的有機組成部分。

　　上世紀20年代，詩人聞一多也陷入過時代發展與「地方性」彰顯的緊張思考，他曾經激賞郭沫若《女神》的時代精神，又對其中可能存在的「地方色彩」的缺失而深懷憂慮，他這樣表達過民族與世界、地方與時代的理想關係：「真要建設一個好的世界文學，只有各國文學充分發展其地方色彩，同時又

〔註15〕張鴻聲、李明剛：《美國「中國學」的「地方」取向與中國現代文學研究——以中國現代文學研究的區域問題為例》，《中國現代文學論叢》2018年13輯。

貫以一種共同的時代精神，然後並而觀之，各種色料雖互相差異，卻又互相
調和」〔註16〕。在某種意義上，這可以被我們視作中國現代文學沿「地方路
徑」前行的主導方向，也是我們提出「地方路徑」研究的基本原則。

〔註16〕聞一多：《〈女神〉之地方色彩》，《創造週報》第 5 號，1923 年 6 月 10 日。

在歷史維度中進行文學的審美研究
（代序） 〔註1〕

一、學科前沿

楊逸雲：陳老師您好！感謝您接受今天的訪談。我們今天的主要話題是圍繞學科前沿與治學方法兩個板塊進行。現當代文學這門學科的起點一直備受爭議，您是怎麼看待的呢？

陳國恩：對這個問題的思考最早是在八十年代初，我印象很深的是南京大學許志英教授發表的一篇文章，對五四文學指導思想的反思。他強調五四文學是小資產階級思想指導下的革命民主主義文學，不是無產階級思想指導的。因為從當時魯迅、胡適、周作人等人身上找不到無產階級思想的影子。陳獨秀算不算一個馬克思主義者？不好說。早期的馬克思主義者李大釗以及年輕一點的惲代英等人，與新文化運動和文學革命的關係不那麼直接。許志英的文章，意味著對五四文學的性質開始重新探討，但他沒有改變中國現代文學起點的意思。現代文學是不是開始於五四，這成為問題，是在上個世紀末，八九十年代的時候。范伯群先生等認為晚清的通俗文學作品數量眾多，已經提供了中國古代文學所沒有的新經驗，像《海上花列傳》表現上海大都

〔註1〕 2020 年早春，武漢疫情嚴重，正常的教學秩序被打亂，我按計劃通過遠程系統給武漢大學寫作學分散在各地的幾位博士生講了一次課。沒有出鏡，只開音頻，那種閉著眼睛隨意坐著講的感覺很新奇，沒想到被錄了音，本文即是據這個錄音整理而成。要特別感謝楊逸雲等同學，因為這是個不平常的春天，特別記一筆。

會的生活，新的風尚，已經有了現代性的因素。海外的王德威教授在此期間提出了「沒有晚清，何來五四」的觀點，強調晚清文學具有現代性的內容，包括現代的知識、欲望等。這對 1950 年代確立的中國現代文學學科結構提出了挑戰，即中國現代文學到底是從五四開始還是晚清已經開始了？

　　確定中國現代文學的起點，不是技術性的工作，主要還是一種價值選擇。現代文學之所以是現代的文學，就因為它是現代的，現代性是中國現代文學得以成立的思想基礎。什麼叫現代性？眾說紛紜，不過在一些基本點上是有共識的，比如民主政治、市場經濟，法制社會，對人的尊重等，這些是現代性的重要指標。可是怎麼樣的民主，什麼水平的科學，對人尊重到什麼程度，基本還是定性分析，沒有量化，實際上也無法量化。這些指標的現代性水平，不容易從其自身得到明確的界定，我認為還應該有一個未來性的維度。這意思，是說現代性的問題，與我們關於未來的想像和追求密切地聯繫在一起。現代文學的起點，目前存在爭議，一個重要原因就是不同觀點的人對未來的構想是有差異的。他們的未來想像規範了現代性標準，又用來作為確定現代文學起點的依據。晚清小說凡寫到年輕寡婦，普遍反對其再嫁。認為中國現代文學開始於晚清，意味著關於未來的想像中不太在意寡婦的權利。但是不贊同把現代文學起點向晚清延伸的學者，在關於未來中國的想像中，肯定在意婦女的權利問題。堅持寡婦不能再嫁的立場，很難算做現代性的文學。這樣的作品即使有一些現代性的內容，它的現代性也不足以成為劃分中國文學的現代階段與古代階段的標準。

　　我堅持中國現代文學的五四起點說，一個原因就是關於中國現代文學史觀中的未來性考量。晚清文學中的那種現代性，包括現代性的知識和現代人的欲望，並沒有直接成為發端於五四、並對此後的現代文學發展影響深遠的新文學的思想資源。五四文學高揚科學、民主精神，反對封建道德，倡導人的解放，這些東西在今天仍然是我們價值觀中的關鍵要素，而且符合我們關於未來中國的想像。換言之，它不僅是我們整個百年文學的價值觀，而且是未來中國所追求的一個方向。

　　說得再具體一點，晚清文學提供了新的經驗，但它能不能成為中國現代文學的基本標準？五四文學革命，一個重要的目標是批判晚清文學的娛樂性、消遣性。周作人起草的文學研究會宣言中明確提出，把文學當成高興時的遊戲與失意時的消遣的時代已經過去，文學是一項有意義的工作。這是直接針

對晚清文學的，確立了五四文學的現代性方向。晚清文學到二十世紀末受到重視，主要是因為這時中國社會進入了市場化改革的新階段，湧現了世俗化的思潮。在這個注重經濟建設的常態的世俗化時代，人的多樣性得到包容，原來被壓抑的情感與欲望有了更多的釋放機會，這在新興的通俗文學中得到體現。可以看得很清楚，在對晚清文學作出新的評價的同時，以金庸等為代表的新武俠小說、新通俗文學開始盛行。我覺得這是文學回歸常態的多元化的標誌，但能不能因此認定它代表了我們文學的主要方向？我覺得應該慎重，應該從整體上考慮問題。真正代表中國現代文學的現代性方向並對未來的文學發展產生根本性影響的，是五四文學的傳統，而不是晚清文學的傳統。

晚清通俗文學，從歷史的連續性看，是五四文學的前緣，應該成為研究五四文學的一個重要課題。它與五四文學的聯繫是歷史性的，就像它與晚明文學的關係一樣，也是一個歷史性的延續。如果現代文學的起點定在晚清，按照這一思路，我們為什麼不可以把現代文學的起點定在晚明？晚明文學中關於人的欲望的敘事更接近現代人的特點，現代性的內容要比晚清文學更豐富、更生動，藝術成就也更高。「三言二拍」中的《杜十娘怒沉百寶箱》《賣油郎獨佔花魁》等，表現世俗人情，思想藝術水平是晚清文學不能比擬的。周作人在《中國新文學的源流》的演講中，就把新文學的前緣前推到晚明文學，不過他是從現代文學的源流意義上說的，強調晚明文學是新文學的一個源頭，說的其實是現代文學的一個背景。現代文學的歷史背景，其實何止晚明文學，整個中國文學都是它的背景。《紅樓夢》《孔雀東南飛》，《詩經》裏的「關關雎鳩」，都與愛情主題相關，反映了人之常情，晚清文學的思想深度與藝術水平難以超越它們。這種人之常情，從其人性內容看，沒有明顯的時代差異，我把它理解成一種世俗性，古今相通，不適宜作為劃分中國文學史的現代階段的依據。

我不贊同以晚清為中國現代文學的發端，但非常贊同加大晚清文學的研究力度。新文學的新，是從它與晚清文學的歷史聯繫中體現出來的，它本身就獲益於晚清文學的傳統。不僅如此，它也受益於整個中國文學的傳統。傳統是不能割斷的，因為歷史本來就是連續性與發展的階段性相統一的過程。

楊逸雲：您在《當代文學史料應用的科學性問題》一文中提出，要把當代文學的研究視為審美研究和歷史研究的結合。文學的歷史研究似乎規範性更強一些，可學習借鑒的樣本更多，但是審美研究應當怎樣進行？審美研究

很容易流於感性認知，或是僅僅關注某個作家、某部作品，怎樣讓審美研究具備更多的科學性和整體性？

陳國恩：怎麼樣把審美研究與歷史研究兩者結合起來，這個問題涉及文學研究的基本特性。我印象中也在其他地方說過類似的話。近年文學研究越來越學術化，其中一個重要動向就是向歷史研究看齊，做純粹的學問，比如重視史料的整理，數據庫的建設等，這是歷史學科的重要方法。大量收集資料，進行甄別、考證，再來彙編。這是當前學術的一個重要現象。

我覺得文學研究，確實有歷史學研究的特點。我寫過幾篇文章，談到過這一問題。按照高爾基的說法，文學是人學。涉及人的問題，就不能迴避意義，更不能離開人的社會關係，不能離開社會大系統。無論是作家的創作、批評者的研究，還是讀者的審美欣賞，都是一種精神活動，跟每個人的價值取向、審美要求密切相關。既然它是一種社會性的現象，那就有歷史的維度。對一部作品的評價，前後會有差異，甚至發生嚴重的翻轉。這不是作品本身發生變化，而是讀者的變化，它的背後是社會的變遷，人的變化。

最近我應約寫了點《原野》的文章，涉及曹禺。曹禺的《原野》是大家很熟悉的，研究已經非常充分和深入，但仍有一些問題有待澄清。我想到的一個問題是，《原野》發表以後，相當長時期裏是受到貶低的。左翼批評家對《原野》最為不滿的是，它沒有反映三十年代社會的主要矛盾。一些著名的批評家認為曹禺是在表現一種觀念，而不是反映生活，因此認定它是曹禺整個創作中的失敗之作。然而我們要注意一個事實，進入八十年代以後，《原野》越來越受到推崇。唐弢寫文章說他實在喜歡《原野》，隨便翻到哪裏，都能津津有味地讀下去，可是唐弢明明在五六十年代對《原野》也提出過尖銳批評。對這種現象的研究，就是一種歷史的研究。離開歷史學的視野，就很難說明前後變化意味著什麼。

我的一個基本想法是，曹禺創作《原野》不是像左翼作家那樣要去表現階級鬥爭的主題，而是表現日常生活中人性的極致。他後來說，要表現人與人的極愛與極恨的感情，這說明曹禺是一個詩人。我有一篇文章專門討論《原野》為了極致的戲劇效果，採取逆向性的構思方法，這與左翼的現實主義作品反映生活的方式很不同。假如說左翼作家遵循現實主義的原則，對生活加以典型化，是從生活的真實到藝術的真實，那麼曹禺創作《原野》主要是聽從內心的意圖，為了極致的戲劇效果，利用生活經驗，把悲劇寫成這樣。作

品中人物的鮮明個性，是曹禺為了戲劇的極致效果而設計的。如果不是這麼一種意圖，人物就不會是這麼一種個性，這麼一種身份，他們也不會有這麼一種動機，因而《原野》也就完全兩樣。

　　仇虎從監獄逃出來復仇，他發現仇人焦閻王已經死了，因而面臨一個艱難的選擇：復仇，還是不復仇？復仇，勢必傷害無辜，不復仇又對不起死去的家人。他幾次要激怒大星，不過是想減輕殺死大星的道德負擔。可是大星實在太善良了，仇虎最後還是殺了他，還借焦母的手殺死了大星的兒子，一個襁褓中的嬰兒。左翼批評家指責曹禺這樣寫，不真實。一個基本理由是認為仇虎作為一個復仇者，怎麼會如此糊塗？假如他堅定一些，覺悟高一些，甚至壞一些，認定大星一家都該死，他肯定不會有後來的精神崩潰。然而這些批評家忘了他們不是曹禺，他們沒有理解曹禺的創作意圖，他們按照自己的階級鬥爭邏輯，把仇虎看成是一個被地主欺負的農民，來滿足他們關於階級鬥爭的想像。然而事實是仇虎並非他們根據階級觀點所理解的那種農民。仇虎一家的悲劇，起源於家裏有不少良田，被焦閻王看上了。這根本就是地主跟地主的衝突，曹禺並沒有賦予它階級鬥爭的內涵，而是要寫一個關於人性的故事，讓人性在驚心動魄的衝突中得到極致的表現。我甚至認為，曹禺是為了拷問人性，故意製造復仇的困境，因為他有充分的自由給仇虎的順利復仇創造條件，比如讓焦閻王活著，仇虎回來殺掉他就名正言順了。即使焦閻王死了也罷，還可以讓焦大星繼承他爹的惡霸本性，讓他死有餘辜。倒過來可以想像，曹禺之所以安排焦閻王死掉，又把大星寫成這麼善良，無非要給仇虎的復仇製造困難，來考驗人性在困境中的糾結，從而創造極致的戲劇效果。

　　從逆向構思的角度，還可以進一步討論。譬如，曹禺為什麼要把焦母寫成現在這樣？焦母的身份在戲裏很關鍵，她是焦閻王的老婆，大星的母親，又是仇虎的乾娘。這雙重身份，延續了仇、焦兩家的仇恨，又便於她跟仇虎套近乎，使仇虎的復仇面臨更大的挑戰，更複雜的處境。焦母的角色連接著仇恨的兩頭，為戲劇衝突提供了結構上的基本保證，反過來又加強了戲劇的效果。人們恨焦母的陰險，但我們要注意，她的所有行動都是為了捍衛焦家的利益，要保護她的兒子與孫子，因而她的行動擁有充分的倫理依據。

　　再說金子，以前一些研究者好像過於強調仇虎和金子訂過婚，說他們有深厚的愛情基礎。一些改編的戲劇，也朝這個方向上靠。可是你仔細去讀曹

禺的劇本，金子見到逃出來的仇虎，一點沒有戀人相見時的驚喜，只是冷冷地說：「原來是你，你幹什麼來？我早就嫁人了。」作品寫仇虎非常有意思，他是一個醜八怪，羅圈腿，五短身材，並非後來電影中那樣的英俊漂亮。金子憑什麼愛上這樣一個醜八怪？我認為曹禺不過是要強調，這是一個女人對男人的那種愛，狂野的愛。她是被仇虎的男子漢性格征服的，征服後就跟著他走，不計生死。這樣寫，同樣是曹禺為了表現人性的極致，追求極致的戲劇效果。

我舉《原野》的例子，只是為了說明文學研究很多時候不是那麼純粹的審美，它裏面涉及對社會、對人和人性的理解，要放在歷史的維度中來把握。我上述看法之所以跟當年的左翼批評家有所不同，是因為左翼批評家受一種觀念的制約，沒去關心曹禺的創作意圖，沒從曹禺的動機來審視人物與人物的關係。他們要求文學反映階級矛盾，而曹禺關注的是人性。人性，當然是包含階級性的，所以無論焦閻王，還是焦閻王的老婆，都具有地主階級的特點，但他們作為人，又具有人性的共同性，比如焦閻王的窮凶極惡，焦母為保護子孫安全而不懼生死。站在歷史的維度，這些問題都是可以討論的，而左翼批評家受自己觀念的限制，拿自己的標準衡量曹禺，僅僅發現曹禺寫的不合己意，就斷定曹禺寫得不夠真實，這顯然是不對的。曹禺寫得非常真實，只是不屬左翼所要求的那種真實。我並不否定左翼文學，左翼文學在當時條件下的那種追求，有它歷史的必然性與合理性。到了今天，在正常的生活環境中，人的多樣性可以獲得包容，人性的主題顯示出了重要性，這才是《原野》在今天受到廣泛歡迎和充分肯定的真正原因。這樣思考，我顯然是把《原野》放在歷史的過程中，某種程度上說也是一種歷史研究，追求客觀性與真實性。但是話說回來，文學研究又不純粹是歷史研究。從根本上說，它是審美的研究，要允許欣賞者和批評者發揮想像，按照自己的個人經驗來研究對象，達到審美的自由境界，由此去發現新的結構，甚至賦予新的意義。總起來講，我認為文學研究必須要有歷史研究的客觀性、精確性，同時又要有審美想像的自由和創造性。在審美的基礎上進行客觀而嚴謹的探討，把兩個方面的優點結合起來。這是我對這個問題的一點想法。

楊逸雲：克羅齊有一句名言，「一切真歷史都是當代史」，與大眾傳媒的誤讀不同，這句話的本意其實是認同歷史與「當代」之間的聯繫的。在《王富仁「魯迅」與中國 1980 年代的思想啟蒙》這篇文章中，您認為王富仁的魯迅

研究切中了時代症候，推動了新時期的思想解放運動，這種態度似乎與克羅齊有些類似。面對文學史研究對象，尤其是像魯迅這樣具有極大闡釋空間的研究對象時，我們的解讀是否應該兼顧時代需求？這種兼顧的邊界應該在哪裏？當時代不斷變化，層累在研究對象身上的闡釋越來越多，這會不會成為後人解讀的障礙，或者說是負擔？

陳國恩：王富仁的魯迅研究在方法論上對我們有一些重要的啟示。這方面我寫了幾篇文章，後來又承擔了一個國家社科基金重點項目「魯迅與二十世紀中國研究」。王富仁告訴我們的是，像魯迅這麼一個作家，在文學史上的地位與影響是客觀的，但不能忽視另外一個方面，就是歷史塑造了他。魯迅的形象，前後很不一樣。他是新文化運動和文學革命的一個闖將，這是他自己寫就的歷史。到了「左聯」時期，他被左翼接受，經歷了一個過程，而成為左翼文化運動旗手以後，他與「左聯」內部一些人的關係，也不那麼簡單。到了延安時期，魯迅已經去世，毛澤東高度推崇他，他代表了中華民族新文化的方向。五六十年代，魯迅被神化。許廣平 1968 年有一個講話，說魯迅是毛主席的好學生，強調他們的心是相通的。以許廣平的身份，她這麼理解魯迅，非常有意思，但在當時這毫不奇怪。到八十年代初，以王富仁為代表的新一代學者通過魯迅研究為思想解放運動作出了重要貢獻。九十年代以後，魯迅實際上在遠離我們。世俗化潮流盛行的時候，普通大眾跟魯迅沒有什麼關係。知識精英因為自己存在的困惑，從魯迅那裡尋找思想資源，這是很私人化的探索。不過，近年來魯迅又開始受到關注，因為魯迅對中國社會轉型期的民族性問題、國民性問題、現代化道路等問題的思考，到今天重新引起了人們的注意。可以看出，受到歷史進程的影響，魯迅的形象不斷地發生變化。我覺得這恰恰給了我們一個機會：與其去追問魯迅是誰，不如去探索魯迅的形象為什麼會發生變化，變化背後又有些什麼值得我們思考的問題。至少，這是一個可以考慮的研究方向。

王富仁之所以在魯迅研究中貢獻重大，就因為他把魯迅視為中國反封建思想的一面鏡子，與長期佔據主導地位的政治革命視角的研究分道揚鑣。在政治革命的研究模式中，推崇魯迅至登峰造極，而認為魯迅之所以偉大，是因為他解決了中國革命的一些重大問題，譬如他通過對辛亥革命的反思，提出了革命者與群眾的關係問題，革命的領導權問題。其實，這些問題要到毛澤東的新民主主義思想形成後才得到真正解決。說魯迅在五四時期已經提出

了這些問題，並給出了正確的答案，顯然不符合魯迅思想實際，明顯是對魯迅的拔高，同時也是對毛澤東的新民主主義思想的輕慢。

王富仁通過他的研究告訴我們情況並非如此。魯迅的《吶喊》寫了革命者嘗試宣傳民眾，可是民眾不理解革命，革命者受到了巨大的傷害。譬如《藥》裏的夏瑜向紅眼睛阿義宣傳大清國是我們的道理，結果被狠狠地揍了一頓。夏瑜犧牲後，他母親也不理解，發現墳頭有異樣，她很驚悚地對兒子說：你有什麼冤枉告訴媽。夏瑜怎麼是冤枉的呢？他為革命犧牲，為紅眼睛阿義們犧牲，可是人們不理解他，母親也不理解，他的犧牲毫無意義。魯迅實際上表現了一個革命者在普通民眾不覺悟的時代他的悲劇命運。文學是形象性的，它的意義可以從不同的角度來闡釋。批評家和讀者不能說左翼以來的政治革命的批評模式沒有道理，但王富仁的研究更貼近魯迅的實際，體現了魯迅五四時期啟蒙主義的思想特色。

王富仁從魯迅研究提出了重要的歷史命題。他認為中國近代史以來，兩種不同形式的革命交替進行。一種是思想革命，一種是政治革命，各有自己的規律。政治革命，看到底層民眾身上的革命潛力，動員他們起來推翻舊制度，採取暴力手段，強調組織紀律性和思想的統一性，反對自由主義。思想革命，目標是建立一個現代的民族國家，在現代化方向上與政治革命是一致的，但是它所使用的手段及路徑不一樣。它正視底層民眾的愚昧和落後，要用思想啟蒙的方法實現人的現代化，由覺悟的人來解決社會問題。因此它主張個性解放，思想自由，要消除封建意識對人的毒害。魯迅的《吶喊》與《彷徨》告訴人們，反封建思想革命的重點是落後民眾，因而知識分子與民眾的關係跟政治革命模式中對兩者關係的界定不一樣。在政治革命模式中，知識分子首先要向民眾學習，特別是向工農學習，因為這個革命是以工農聯盟為基礎的，文學要為工農兵服務。但是在反封建思想革命的模式中，知識分子承擔著啟蒙的使命，要把愚昧者引上覺悟的道路。王富仁把這一點特別強調出來，實際上改變了幾十年來一直佔據主導地位的研究模式。他同樣推崇魯迅，甚至更推崇，但他的推崇理由卻不一樣了，不是魯迅解決了中國革命的重大問題，而是魯迅站到了思想啟蒙的前列。這意味著王富仁對現代史上一些重要的甚至重大問題的看法，與前人不同了。這在當時起到了解放思想的作用，當然也引起了一些爭議，有人批評他離經叛道。不過，時代在進步，王富仁的觀點受到越來越多人的肯定。他的觀點，明顯地更契合魯迅的思想實際。

　　這一事例告訴我們，學術研究不是純粹客觀的，許多時候它同時也是一種價值的選擇，是研究者根據歷史條件來想像魯迅、建構魯迅，把魯迅納入到他們的理解中。魯迅與二十世紀的中國聯繫非常緊密，這樣的關係造成魯迅研究者有人因為對一些問題的看法與權威觀點不同而付出代價。這說明，魯迅研究並非純粹的學術問題，不少時候是一個歷史問題。

　　楊逸雲：目前文學研究越來越依賴文學史料的發掘和利用，當然這是一種不可缺少的基礎性工作，但文學研究似乎也越來越像史學研究的一個分支了。因此我們就有了一種學科焦慮，文學研究會不會最終成為史學研究的一部分？文學研究的獨特性在哪裏？

　　陳國恩：我的想法是，文學研究肯定帶有史學研究的特點，因為它是文學的「史」，不過與一般歷史研究的區別在於它又是「文學」的史。文學的基本屬性是審美，審美又與社會歷史聯繫在一起。因此，我們需要發展一種能力，從審美入手，對文學作品進行創新性的解讀。剛才說的，王富仁的研究就是一個經典。一篇《藥》大家都非常熟悉，一般認為它寫的是民眾的愚昧和革命者的悲哀。王富仁卻發現魯迅寫了革命者曾經宣傳民眾，而不被民眾所理解和接受，因而《藥》的主題不是以前的研究者所說的革命者脫離民眾，而是民眾的愚昧使革命者的犧牲變得沒有意義。以前研究所說的悲哀，被提升到了革命者的歷史悲劇的高度。王富仁由此引向對現代中國一些重大問題的思考，提出魯迅的《吶喊》與《彷徨》是一面反封建思想革命的鏡子。這明顯是從文本細節入手，同時緊扣住中國社會歷史的重大問題進行思考。文學的與歷史的，兩個方面結合得很好。

　　楊逸雲：我們讀了您的幾篇有內在關聯的文章（《世紀焦慮與歷史邏輯——林語堂論中國文化的幾點啟示》《怎樣評價文化守成主義？》《反思五四應堅持現代性的根本立場》），您認為既不能以西方視域來扭曲中國，也不能把西方納入中國體系重走「中體西用」的老路，而是要實現傳統文化的現代化。但問題是一個多元的、超越西方的文化標準目前來說還沒有建立起來，我們要以什麼樣的標準來對傳統文化進行取捨呢？

　　陳國恩：這實際上是在中西文化的矛盾衝突中，我們如何尋找一條現代化道路的問題。可以分為兩方面來談，一是文化的現代化採取什麼具體的路徑？鴉片戰爭後，中國內外交困，面臨嚴峻的挑戰，怎麼處理跟西方及西方文化的關係是一個重大課題。由於地理環境和綜合國力的原因，中國歷史上

許多王朝閉關自守，過得還算自在，不存在中外關係的挑戰。唐代，長安成了世界文明的重鎮，開放是以自己的力量強大為基礎的，沒有外部威脅，所以也不存在抵禦外來文明的問題。有幾個朝代，是草原民族侵入中原，接受漢文化的影響，同樣不存在中國近代史上的那種挑戰。鴉片戰爭以後，情形發生了根本性變化。西方列強用槍炮打開了中國的大門，西方文化向古老的中國發起衝擊。一些回過神來的中國人開始思考我們怎麼辦？洋務派提出的辦法，是「中體西用」。面對西方的強勢文化，洋務派要在保證中國傳統文化根基這個「體」不受傷害的前提下，吸收一些西方文化，實際是保證統治階級的根本利益不受侵犯，中國社會的思想與倫理秩序不被顛覆的前提下，引進「用」層面上的西方知識，比如槍炮製造技術及工業生產的管理經驗，達到富國強兵的目的。這樣做確實有些作用，譬如催生了現代民族工業的萌芽。伴隨著技術引進，西方的自然科學和人文科學新思想也進入了中國，為後來的社會變革埋下了伏筆。不過，洋務派面臨一個沒法解決的矛盾，即「體」和「用」之間的關係不是可以先分割再重新拼接的。牛的體和馬的用，不可能結合在一起。不能指望牛的力氣加上馬的奔跑速度，產出非牛非馬的厲害新物種。洋務派在「用」層面上引進西學，一直面臨著中學之「體」的重大阻力。當思想、技術以及經濟發展威脅到了舊的統治秩序的時候，保守勢力就會設置重重障礙，甚至動用政治力量將你扼殺。甲午海戰的失敗，標誌洋務運動的失敗。維新運動的失敗，實際上宣告了改良主義的變革在當時中國已經難以為繼。

　　縱觀中國自鴉片戰爭以來的歷史，可以發現，現代化的道路始終面臨著新舊矛盾與中西衝突的相互糾纏。新舊矛盾，很好理解。社會在進步，新的要求與舊的秩序間免不了要發生衝突。但是在中國這樣一個所謂後發現代化的國家，新舊矛盾又常常與中西衝突聯繫在一起。新的思想發展起來之後，一旦威脅到舊的社會基礎，反對力量就會以西化的罪名打擊你，從而由新舊矛盾發展為中西衝突。戊戌新政失敗，說明了這一點。

　　關於辛亥革命是否成功，歷史學界是有爭議的，但不能否認辛亥革命宣告了亞洲第一個民主共和國誕生這一事實。陳獨秀創辦《青年雜誌》（後改名為《新青年》），發動新文化運動，是內外矛盾發展的產物，但有一個重要條件，就是有了民國體制保護，新文化運動有了制度的保證。儘管民國初年發生了袁世凱復辟等鬧劇，但時代在發展。這是一部分學者的意見，他們認為

中華民國的成立，是一個劃時代的進步。另外有一些學者認為辛亥革命不夠徹底，不僅被袁世凱竊取了革命成果，還有後來的社會動盪，說明必須進行新的革命。從新的革命，即新民主主義革命的角度說，當然要正視舊民主主義革命的不徹底性，所以我們回過頭來重新思考辛亥革命，強調它的侷限性。這是史學界探討的問題，我們不進一步展開了。

接下來是五四新文化運動，向西方學習，呼喚精神界的戰士來改變中國思想界的沉悶現狀。當時遭到林紓等人的反對，而且學衡派對新文化運動提出了尖銳的批評。到三十年代左翼文學興起，開始重視本國的傳統。同時，有十位教授發表《中國本位的文化建設宣言》，強調以中國本土文化為基礎來建設中國的現代文明。

前後聯繫起來，可以看出一個非常有意思的現象，就是我們在跟西方交往的時候，始終面臨著如何處理跟西方文明的關係問題。學術界有不同的看法，一直沒有明確的共識。新中國成立，有了一些新的選擇。到了今天，我們又重新肯定中國傳統文化，要從傳統文明中尋找民族的自信。我們始終面臨一個新舊矛盾與中西衝突的糾纏。這個問題怎樣解決，沒有標準答案和現成的路子，只能通過歷史的實踐，通過新舊衝突的具體途徑，把新的思想成果沉澱下來。不斷地沉澱，沉澱到歷史傳統中。新的東西遭到反對，會有所變化，在反對力量的限制中，新思想本身改變了自己的內容和形式，取得跟傳統觀念的一個協調。這是一個動態平衡的歷史過程，主要的形式就是社會實踐。換言之，面對現實的問題尋找解決問題的方法，尋找探索的過程中，中西兩派觀點會產生重大分歧，但是在分歧和較量中肯定會有新的思想成果沉澱下來，把我們的傳統文化鋪墊起來，使我們的文化傳統得到更新和發展。

我的意思是，不可能有一個現成的方案一勞永逸地解決中西文化的矛盾，因為中西之間的矛盾是永存並且發展的。只能通過實踐，借由矛盾衝突和思想交鋒，把有效的思想成果沉澱下來，豐富傳統，使傳統得到更新。這個過程免不了迂迴曲折，但正是因為如此，我們的探索和研究才顯示出價值。我們在思考，在爭論，實際上每個人都在為中國傳統文化的現代轉型和社會文明的進步作出貢獻。

二、治學方法

楊逸雲：中國現當代文學是一門正在發展的學科，並不像古代文學一樣

已經成型。因此，當一個新的文學現象產生時，我們是應該緊跟熱點，求新、求快呢，還是等它冷卻下來，拉開距離之後再去進行研究？

陳國恩：我覺得這都不是問題。一個熱點，像新的茅盾文學獎公布，馬上去關注，這是一種研究路徑。你拉開距離專門去研究魯迅、沈從文也是一種研究路徑。不在乎你跟熱點近不近，關鍵要看你自己的基礎到底怎麼樣。我不主張追風，比如我們現在強調文化自信，捍衛民族文化傳統，有人馬上去批判某個有影響的華裔學者，這不好。華裔學者有他們的視角，不是不能批判，但是你跟風去批判，把這個批判跟當前的某種時尚聯繫在一起，這不是學術的態度。你不能今天的自己打昨天自己的嘴巴，如果要打，你也必須有一個邏輯性，不是追著風打自己的嘴巴。假如昨天我對某一問題的看法，今天有變化，那沒問題，你實事求是就行。我想這是做學問的基本態度，不要跟風，而要求真務實，實事求是。你可以改變自己觀點，但是必須建立在自己認真的思考和堅實的研究基礎上。

楊逸雲：如今在許多文學評論寫作中，都是先提出一個具體的理論框架，然後依據既定理論分析作品。您是如何看待這種現象的？應該如何處理文學理論與批評實踐的關係？

陳國恩：這個問題可以分兩個層次來講，一個是淺層次的，就是把一種理論套用到研究對象上，按這個理論的邏輯來剪裁對象，譬如用西方後現代主義理論來切割、剪裁中國當代文學現象，用中國文學的材料填充到後現代主義理論框架裏去。這種研究實際上不叫研究，不是研究要你研究的對象，最多是用對象來證明一種理論的有效和它本身的邏輯，而沒有回答你所研究對象本身的問題。

另一層次，是說我們在研究中先有依據某些理論的理性判斷，還是先有具體的分析過程。大家會在實踐中體會到，這兩個實際互為前提，是一個互動的過程。寫成的文章，是思考的結果，而不是探索的過程。這說明研究的過程，跟你最後寫成的文章並不一樣，但它們很顯然是密不可分的。

蘇聯有一個著名的生物學家，每天解剖一條狗，但是他沒有帶著問題去解剖，終身沒有突出的成就。巴甫洛夫提出了人的兩個信號系統的理論，因為他做研究是先有假設，帶著問題再去解剖狗，尋找證據來證明神經系統條件反射的存在，再來考察動物與人的條件反射的本質不同。這相當於胡適提出的做學問方法：「大膽的假設，小心的求證」。胡適講得非常通俗，說出了

很深刻的道理。

　　大家不要誤解，大膽的假設不是胡思亂想，假設來自求真的研究過程。你要把對象通盤地瞭解，不僅要看作品，還要瞭解相關的材料，瞭解以前別人是怎樣評價的。假如是一部新的作品，則可能要瞭解作品與作家的關係，來探尋某種意義。不是未經瞭解，先拿來一種理論，預定一個分析的模型。分析模型，或者說研究的思路，是你研究達到一定階段時所獲得的結果。你會發現開始時這個模型很粗糙，動手寫的時候可能發現它難以成立。怎麼辦？再去研究，尋找材料，進一步思考，想得清楚些，來修改這個模型。反反覆覆幾個來回，闡釋的框架越來越清晰了。變得清晰的框架，是你思考的結果，並不是思考的前提。到這時候，你就可以動筆寫文章了。文章還得修改，修改在許多時候是傷筋動骨的，要調整原來的思路，以求問題更為明確，論證更為充分，文章寫得更為漂亮。當然，有沒有經驗，很重要。到一定水平，你寫成文章後，不至於做根本性的修改，否則就說明你動手寫時沒有把問題想清楚。

　　大膽的假設和小心的求證，不是先假設後求證，而是假設與求證反覆進行的過程，到最後寫成的文章是你這麼反反覆覆、來來往往探索思考的成果。在研究的時候，必須有問題意識，你是帶著問題去研究的。開始接觸對象時，可能沒有目的，但一旦你感覺這小說寫得不錯，有一個想法，你就必須思考這個想法有沒有意義，我應該提出一個什麼樣的問題，可以代表我對這部作品的理解和判斷。你開始想到的問題，不一定是你最後所要探討的問題，甚至可能與最後的成果相去甚遠，但你開始的時候必須是帶著問題的。有問題，才有定向的思維，成為你把對象條理化的前提。

　　研究文學作品，伴隨著審美的體驗。我在前面已經說過，審美是自由的。對同樣的細節，可以進行不同的想像和聯想，你擁有自由想像的廣大空間。你所關注的重點，取決於你想要解決的問題。要有一種能力，能圍繞自己假設的問題把一部作品做一個可以滿足你所要達到的目的的自由想像，發掘出你所想要的東西。文學是審美的，作品的意義在不少時候由研究者賦予，經過研究者的精彩闡釋，作品變得更優秀，甚至更偉大。當然，偉大的作品都具備能經得起創造性闡釋的包容力。我很佩服王富仁，同樣一篇《藥》，有人看到是群眾把革命者的人血饅頭當成治病的良藥，怪罪革命者沒有去發動民眾。王富仁發現了革命者是宣傳了民眾的，是民眾不覺悟讓革命者非常受傷。

他為什麼能注意到這個細節，並且賦予它新的意義？因為他具有現代文明的觀念，瞭解啟蒙的歷史意義以及那時的知識分子所遭遇不被理解的孤獨。有這樣的自覺，他才會關注《藥》裏的夏瑜被紅眼睛阿義打的細節。闡釋這一細節的意義，是審美的過程，但又是一種歷史的思考，是思想的光芒照進作品的細節，與歷史聯繫起來，對作品和人物有了新的發現。審美的自由，並非瞎想，歸根到底是尋求一種意義，堅持一個方向。王富仁通過這個細節，發現魯迅筆下的革命者並非像此前不少研究者所說，是脫離民眾的；相反，他們試圖發動民眾，可是民眾不理解他們。這是當時中國最為揪心的問題，魯迅抓住了這個問題，站到了時代思想高峰。

怎樣才能更敏銳地去發現文學的新意義？這需要你平時的努力，不斷地積累。對剛起步的青年來說，中間可能會經歷一些挫折甚至失敗。我的體會是，不要緊。失敗本身，也是非常難得的經驗，對一個人的進步很重要。它至少告訴你，這樣做行不通，以後要注意了。人，不是神仙。天才也許有，但天才也離不開勤奮。我們每個人在成長過程中，免不了走彎路。彎路，有意義。這不是為自己走彎路尋找藉口，重要的是我們怎麼樣避免犯同樣的錯誤。

楊逸雲：我們讀了您的《當代文學史料應用的科學性問題——兼評吳秀明主編的〈中國當代文學史料問題研究〉》，很受啟發。除了文中在評價《中國當代文學史料問題研究》一書時提及的分類闡釋、求真務實、講究分寸之外，您認為在當代文學史料的應用方面，還有哪些問題是需要注意的？

陳國恩：很顯然，史料運用很重要，但史料的運用是活的，大量的史料之間也有矛盾衝突，你怎樣取捨本身就是一種考驗，並不是史料排列起來就能自然地形成某種有價值的思想。怎麼樣使用史料，怎麼樣剪裁史料，怎麼樣解釋史料，都有賴於研究者的識見與眼光。這方面成功的範例，我覺得是北大的洪子誠老師，他出了一本書《材料與注釋》，其中有幾篇文章在《文學評論》上發表過，我讀後印象非常深刻。他這些文章都是用史料說話，把不同的史料排列起來，自己用少量的語言加以串聯，就說明了重要問題。不過這是有一些前提的，其中重要的一點，是他所討論的問題恰好是特定時期中國的重大問題，比如五十年代作協會議對某些人的處理。他使用的史料包括相關人的檢討、日記、回憶錄以及官方的文件。我在你們說的這篇文章中，好像強調了這是研究其他問題所不具備的一些條件，因為很少會有人像這些人受審查時寫檢討那樣，說出他們隱藏很深的一些想法。因為被審查，這些

人基於他們的政理觀念，認為必須說出自己的真實想法。換成一般的時代，在正常情況下，打死他們也不會說。這些想法涉及對他人的評價，有些是相互揭發，非同尋常。這成了非常難得、十分寶貴的資料，按一定的規則，把它們編排起來，互相參照、發明，就呈現了一些重要事件真相，用不著你過多地闡釋。

這不是說這項工作很容易，不是的。搜集這樣的史料，絕非易事，並非每個時代都有，而甄別與選擇更是問題。洪子誠先生想方設法搜集起來，細緻梳理，編排起來，這很費時，更需要思想和眼光。周作人後來思想發生了變化，寫東西跟以前不一樣。以前的《談龍集》、《談虎集》，鋒芒畢露，後來他寫文章就是「青菜蘿蔔」，再進一步就開始大量抄書。當時有人批評他，說他是文鈔公。周作人覺得很冤枉，說我這樣抄書容易嗎？實際上像他這樣抄書，是在極為廣泛的涉獵中披沙揀金，去偽存真，要下很大的工夫。當然，周作人抄書與洪子誠先生對五十年代一些重大問題真相的尋找，性質很不一樣，可是從思想方法上講兩者是相通的，即史料的運用不是純客觀的排列，而是考驗你主體的思考能力，也反映你的思想傾向的。回到我前面的話題，我們學術研究最重要的是要有自知之明，這既有助於我們解放思想，去面對事實，同時也意味著你要準備好接受他人的檢驗。這個檢驗，我覺得是有利於我們進步的。

我再強調一下，文學研究是對文學現象的一種理解和判斷，也有一些是對歷史真相的考證，不宜強調是絕對真相的揭示。這是我在給吳秀明教授這本書寫書評，以及一些文章中說過的意思。純客觀，完全回到歷史現場，幾無可能。譬如某個重要會議，新聞報導它什麼時間在什麼地方召開，這不用懷疑，但報導所稱的時間，準確性不可能跟衛星發射的那種標準相提並論。九點開始，有可能延遲幾分鐘，或提前幾秒。我的意思不是質疑它的歷史真實性，而是我們對真實性的理解有一個合理的精密度。我們說的某一真相，是對歷史的一種表述，存在經驗範圍內可以接受的精確性誤差。這樣看待我們的研究，有利於培養我們的自信，既客觀的地看待自己，又真誠地歡迎別人批評。我強調的是這樣一種態度。

楊逸雲：在學術研究中，有些人為了論證自己的觀點而不仔細閱讀文獻資料，自說自話。比如您《討論問題的方法與態度——回應付祥喜博士的商榷》一文中，就嚴肅指出了其不嚴謹的治學態度。可以結合此例談談我們在

學術研究中應該保持怎樣的治學態度嗎？

陳國恩：每個人寫文章有自己的思路和基本觀點，這會導致對別人的文章做一種片面的理解。有誤讀，所以正常的爭論、交流就是必須的了。對研究者來說，擴大視野，全面地瞭解圍繞某個問題所涉及的資料，然後認真地梳理，準確地加以理解，十分重要，但是這談何容易？工作中我們經常遇到一個問題，就是難以窮盡與一個問題相關的所有材料。材料的佔有肯定存在現實的限度，不可能做到全面。人文科學研究，相當程度上是研究者自己意見的表達。我的意思是，大家應該有積極尋找研究對象真相的動力，但是要對它的限度有清醒的認識。這有利於減輕你的焦慮，有利於你虛心地聽取不同的意見。從學術史上我們看到不同意見的交流，有些爭論還相當激烈，都有助於澄清真相，有助於推進學術。所謂問題越辯越明，真理越辯越清，我想大概就是這個意思。我寫回應付祥喜博士的那篇文章，就是我陳述自己對這個問題的看法，指出他對我有誤讀，倒並不是說你沒有權利這樣去理解我。這是一個學術的基本態度問題。

載《社會科學動態》2020 年第 6 期，原題《在歷史維度中進行文學的審美研究——陳國恩教授訪談》。

目

次

下 冊

作品論

悲憫天地間的殘忍：
《雷雨》的逆向構思

　　《雷雨》的成就經得起時間的檢驗。不過，迄今所進行的研究都依據從生活到藝術的典型化路徑來探討它的藝術創造過程，實際情形恐怕不是這樣簡單。如果說從生活到藝術的典型化路徑是現實主義理論中形象思維展開的順向過程，那麼《雷雨》的成就恰恰證明，它是劇作家從內心衝動出發尋找恰當的生活表現形態這樣一個逆向構思的傑作。《雷雨》在情節設計上相當嚴謹，細節上非常真實。但是不能不看到，它在一些重要關節上存在明顯的漏洞。這些漏洞，洩露了作者在逆向構思過程中因為超越了現實的可能性而無法打磨得更為精緻的遺憾，可以說是文本的一些裂隙，但藝術的規律又保證了它們沒有損害作品的真實性；相反，曹禺處理得當，有力地體現了藝術創造的神奇。這裡涉及到一個重要的理論問題，即現實主義作品是不是一定要簡單地以生活真實為標準，可不可以從虛構的角度把文本的裂隙理解成作家才華的獨特表現？《雷雨》是一個經典，正好給出一個回答，讓人從文本的裂隙中窺見一個戲劇家如何憑藉其出眾的才華創造出藝術真實的奇蹟。

一、文本的裂隙

　　《雷雨》充滿了巧合，曹禺自己也說它太像戲。但換一個角度，這表明它結構上的嚴謹，它的每一個場景幾乎都是絲絲入扣的。在一些精彩的片斷中，人物的上場和下場按實際生活的標準，只要相差幾秒，後面的故事就會完全兩樣。比如，魯媽來到周家，發現周樸園保留了她在周家時的家具及擺

放的格局，她深受震撼，其實也是感動。這時周樸園為了找雨衣走進來。只要周樸園晚進來幾秒，或者魯媽早走一步，錯過了見面的機會，就不會有後來的故事。又比如戲劇高潮時，蘩漪把所有人關在周家的客廳，把已經睡了的周樸園叫下來，要周萍當著他的面向魯媽喊聲「媽」。周樸園不明就裏，聽見蘩漪要周萍認「媽」，以為魯媽是周萍親媽的真相已經暴露，便無奈地端起身份說：「侍萍，你到底還是回來了。」然後轉向周萍：「萍兒，你過來。你的生母並沒有死，她還在世上。」至此真相大白，連瘋狂的蘩漪都發現闖了大禍。只要周樸園晚下來幾秒鐘，這個亂倫的真相就不會暴露，家破人亡的悲劇也就可能避免了。

然而，天才也是人。一個 23 歲的青年，其生活經驗不是無限的，藝術駕馭能力也沒達到舉重若輕的境界；再說，虛構的真實性還有一個現實可能性的限度。所謂「智者千慮，必有一失」，曹禺很明顯地在《雷雨》中留下了一些漏洞。

曹禺自己說，他原本要寫一個叫雷雨的大漢，「殘忍」但寫不進去。今天看，這是因為生活那麼令人窒息，人性那麼黑暗，他想破壞點什麼，要寫一個叫雷雨的大漢，來表達他的憤怒。但錢谷融在《〈雷雨〉人物談》中說，曹禺其實已經寫出了這個人物，那就是蘩漪。錢谷融把蘩漪看作是整個戲劇衝突的推動力，認為在每一個關鍵時刻都是蘩漪把衝突引向最後毀滅的方向。她承擔起了「雷雨」的角色。在曹禺感到遺憾的地方，錢谷融作出了精彩的解釋，把遺憾抹平了。藝術需要一種理由，對美的領悟有時來源於一點慧心，好的批評提升了藝術作品的成色。

不過，這裡要提出來討論的文本裂隙，是另外性質的。但只要不拘泥於機械的現實主義理論，它也未必不是天才的創造，而且同樣會是整個戲劇藝術成就的一個非常重要的部分。

眾所周知，為了周樸園娶一個富家小姐，周家把侍萍趕出家門。那是 27 年以前的事，大年三十夜，侍萍帶著出生才三天的小兒子離開了周家。這個迎娶進門的小姐應該是周樸園的正式夫人，但劇本幾乎沒有提到她在周家的生活細節和最後去向。按生活的邏輯，這位太太出身富貴，明媒正娶，到 18 年前蘩漪取代她的位置，這中間將近十年，至少大部分時間她是周家的少奶奶、女主人，無論如何不應該說不清楚她的來歷和結局。

陳思和在《細讀〈雷雨〉》一文中非常敏銳地注意到了一個細節：周樸園

和侍萍提起從前，總說那是「三十年前」的事。30 年前，其實不是侍萍被趕出家門的時間，而是周樸園與侍萍相愛的日子。他們相愛三年，在大家庭裏公開生了兩個孩子。30 年後他們意外重逢時說起，卻不是侍萍被趕出家門的 27 年前，也不是他們有了兒子的 28 年前，說明他們記得的是愛。這也從旁證明了周樸園是愛侍萍的，但同時也旁證了他忽視新進門的太太，他對正式的夫人沒有什麼感情。周樸園從無錫幾次搬家，直到現在當了煤礦公司的董事長，成為社會上一個體面的人物，卻一直帶著侍萍喜歡的家具，把房間布置成三十年前的老樣子，這對娶進來的太太是非常殘酷的。但再殘酷，她在周家的地位卻是一個事實，哪怕她是封建婚姻制度的犧牲品，憂鬱而死，也總得有一個合理的交待。而現在的劇本，沒法說清楚。

我們可以把這個正式太太的消失歸因於她這個角色與作品的主題關係不大。因為與主題關係不大，所以不正面來寫，把她省略了。但哪怕徹底忽略她，如果按生活的邏輯，也要有一個合理的結果，按這個邏輯可以在周樸園的家庭中找到她存在過的一個位置。換言之，作者可以不寫她，但劇情有前因後果，讀者可以據此把她放到戲劇的人物關係中，對她的來龍去脈給出一種解釋。不能讓她莫名其妙地消失，又莫名其妙地安排一個更為年輕的蘩漪來替代。曹禺對此沒有令人信服的說明，明顯地是因為他並非簡單地遵循生活的邏輯來做典型化的處理，而是為了一個更高的目的，照自己的主觀想像來安排人物，造成了「招之即來、揮之即去」的效果。

類似現象，在曹禺的創作中其實並非個別。比如《日出》，陳白露對初戀情人愛得銘心刻骨，這個情人卻不知所終。鍥而不捨地追尋而來的不是這位身為詩人的情人，而是方達生。這種角色的掉換，擴大了想像的空間，增加了作品的社會容量，還增加了藝術的神秘魅力。一個藝術家，沒義務按照讀者或者觀眾的要求把人物和故事交待得十分清楚，他可以製造一些懸疑，讓人們去思索。從作家的創作心理來說，這可能也是他表達錯綜複雜感情的一種方法。這樣的感情，他自己也理不清楚。越是富有創造力的作家，越可能表現這種非理性的詩人本色。他們關注的是如何表達難以言說的情緒和感覺，而非清晰的人物關係。難以按常理來清理的人物關係，恰恰可以造成一種效果，與他所要表達的迷蒙情緒相吻合。

但是，這類文本的裂隙不可能根據習慣上所理解的現實主義的原則，把作品中的生活內容理解成經得起現實邏輯檢驗的那種生活來解釋。有一種流

行的觀點，認為劇作家只是把實際發生過的生活加以典型化。這保證了作品在故事情節和人物細節上經得起現實邏輯的檢驗。但這樣的觀點卻不曾想到藝術家可能壓根兒沒有遭遇過這樣一段人生故事，比如曹禺就不可能在生活中認識完全像周樸園這樣一個帶封建專制色彩的資本家，更無從談起熟悉他的個人經歷，包括他的家庭和工廠。曹禺的藝術創作根本是一個想像的過程，是依據一些人物的零碎印象，作品是在一種迷茫卻很深刻而糾結的情緒中創造出來的。他在想像中擺不平從最初的構思中逐步展開、變得越來越複雜的人物關係，只能按照某種更高的目的做了簡單化處理，比如把周樸園明媒正娶的太太一筆勾銷，安排一個蘩漪取代她的位置，因而在劇情上留下了一個明顯的漏洞，使觀眾和讀者感到一頭霧水。但因為劇情的精彩和藝術的動人，觀眾和讀者實際上又不會去計較這樣的缺憾。他們陶醉在戲劇所營造的激情中，為人物的不幸命運而悲傷，為宇宙間的殘忍而流淚，從而進入了悲劇的審美境界。在這樣的審美狀態中，又有誰會去計較故事發展中存在的某些不合理，劇情安排中的某些紕漏？

錢谷融對《雷雨》中沒有寫出來的大漢形象的解釋，依據的就不是生活的邏輯，而是藝術的邏輯。他認為從效果上說，蘩漪就是那個叫「雷雨」的大漢，因而曹禺實際上已經實現了他的原初構想。同樣，《雷雨》中周樸園娶進門的那個太太的莫名其妙的消失，換成了蘩漪，對這一文本的裂隙，也必須從藝術的邏輯上來看，方能給出合理的解釋，從而彰顯藝術想像的神奇和美妙。

二、逆向的構思

真正的藝術，不會限於對真實事件的模仿。周樸園第一個太太的來龍去脈說不清楚，根本原因，我認為是受制於一種藝術規則。這一藝術規則超出了生活的常規，因而曹禺服從這一藝術規則，就難以在現有的主題和人物關係中替這個人物的存在給出一個更為有力的合理性說明。

曹禺的尷尬是什麼？是他為了完成基於家庭亂倫關係的悲劇主題而必須有周樸園的第一個太太，但在故事的後來發展中，這個太太不僅起不了什麼實際的作用，反而會因為她的繼續存在而使曹禺所追求的悲劇難以成立，化為烏有。換言之，曹禺是為了主題而倒過來安排人物。從主題到人物，這一逆向構思，造成了人物關係上的一些不合理，卻出色地實現了悲劇的效果。

　　主題和人物關係，在藝術構思中肯定是互動的。從人物到主題，再從主題到人物，是一個逐步豐富、不斷充實和完善的過程。《雷雨》孕育於一種情緒，曹禺說：「《雷雨》的降生，是一種心情在作祟，一種情感的發酵，說它為宇宙作一種隱秘的理解，乃是狂妄的誇張。但以它代表個人一時性情的趨止，對那些『不可理解的』莫名的愛好，在我個人短短的生命中是顯明地劃成一道階段。」他又特別地說明：

　　　　寫《雷雨》是一種情感的迫切的需要。我念起人類是怎樣可憐的動物，帶著躊躇滿志的心情，彷彿自己來主宰自己的命運，而時常不能自己來主宰著。受著自己——情感的或者理解的——捉弄，一種不可知的力量的，——機遇的，或者環境的——捉弄。生活在狹的籠裏而洋洋地驕傲著，以為是徜徉在自由的天地裏。稱為萬物之靈的人物，不是做著最愚蠢的事麼？我用一種悲憫的心情，來寫劇中人物的爭執。我誠懇地祈望著看戲的人們，也以一種悲憫的眼來俯視這群地上的人們。所以我最推崇我的觀眾。我視他們，如神仙，如佛，如先知。我獻給他們以未來先知的神奇。〔註1〕

　　一個23歲的天才青年心中升騰起「人類可憐」的喟歎！他需要一個悲劇來宣洩痛苦，表達對「天地間的『殘忍』」的抗議，平衡內心因為找不出精神出路而產生的強烈糾結和煎熬。他為此恐懼，但恐懼反而因其巨大的不確定性和威懾性而成為一種誘惑：「這種憧憬的吸引，恰如童稚時諦聽臉上劃著經歷的皺紋的父老們，在森森的夜半，津津地述說墳頭鬼火，野廟僵屍的故事。皮膚起了恐懼的寒栗，牆角似乎晃著搖搖的鬼影。然而奇怪，這『怕』本身就是個誘惑。我挪近身軀，咽著興味的口沫，心懼怕地忐忑著，卻一把提著那乾枯的手，央求：『再來一個！再來一個！』」在一個迷狂的想像陷阱裏，期望一個悲劇——人性的悲劇，讓自己的靈魂受到震撼和洗禮，也讓人們透過這毀滅性的窗口窺見天地間的殘忍，來重新審視各自的人生和這個社會，來認識自我。富有詩人氣質的年輕的曹禺，基於他創作《雷雨》的那個令人壓抑的夏天〔註2〕突然產生的內心衝動而嚮往一個歸宿，一次靈魂的喘息——

〔註1〕曹禺：《雷雨·序》，《曹禺全集》第1卷，人民文學出版社2014年版，第6頁。

〔註2〕曹禺在《雷雨·序》中說：「夏天是個煩躁多事的季節，苦熱會逼走人的理智。在夏天，炎熱高高升起，天空鬱結成一塊燒紅了的鐵，人們會時常不由己地，更歸回原始的野蠻的路，流著血，不是恨便是愛，不是愛便是恨。一切都是

這是構成《雷雨》悲劇主題的心理依據。

但是，問題來了：如何完成這一主題？不言而喻，曹禺需要幾個人物，需要一段錯綜複雜的情感糾葛。說得更直截一點，就是按這一主題，他需要一段亂倫關係，唯有如此才能把人性的悲劇寫得驚心動魄，讓悲劇的長劍直刺進人的靈魂，造成震撼和恐懼。如果說，曹禺最初想出來的兩個人物中，周沖代表著單純，代表著作者他自己對生活的美好想像，要讓整個故事所宣示的墮落和毀滅有一個詩美的背景，來調和絕望的感情，給人們留一點青春的慰藉，可以說這是明知人類無望卻偏要堅持世事仍有可為這麼一種執著的理想主義情懷，那麼蘩漪就代表著一種破壞性的力量，代表著惡。蘩漪的「惡」，在於她跟周家的秩序格格不入，與一般的所謂正常社會格格不入。蘩漪是正常秩序的破壞者，她是一個異數。

在周樸園家，所有的人都對現狀不滿，但都沒有蘩漪走得遠。魯媽，身世最為不幸，最有權利控訴，但世俗可能難以理解的是，她其實仍然「愛」著周樸園。這不僅因為她與周樸園有共同的孩子，而且還因為她「理解」周樸園的身不由己，因此當她看到周樸園 30 年來帶著舊家具，心裏還有她，就動了真情，迫不及待地想讓周樸園知道站在他眼前的這個老媽子就是當年的侍萍。她傷感地對周樸園說：「你自然想不到，侍萍的相貌有一天也會老得連你都不認識了。」女為悅己者容，說明她關心的是她在周樸園心裏已經青春不再，說明她是希望把美的形象留在周樸園心裏。這哪裏是恨？顯然是一種銘心刻骨的愛。於是，人們看到 30 年後的侍萍把一切苦難歸於命，答應周樸園不在周萍面前暴露母親的身份，要把四鳳帶走，避免給周家造成更大的混亂，當然這也為了避免給自己帶來更大的傷害。侍萍是一個被侮辱者和被損害者，但她願意配合周樸園維持周家的平靜，願意承擔所有的罪孽，犧牲自己。可以說這源於她的善良，但善良是要有感情基礎的。

周萍，明顯是周家秩序的破壞者。他與後媽亂倫，起源於他們共同的對周樸園專制性格的不滿，就像蘩漪提醒他所說的：「你忘記了在這屋子裏，半夜，我哭的時候，你歎息著說的話麼？你說你恨你的父親，你說過，你願他死，就是犯了滅倫的罪也幹。」真的是逆天之舉！然而，周萍走了他爹的老路，那是一條幾千年來男人喜歡走的浪子回頭金不換的路：當周萍有了新愛

走向極端，要如電如雷地轟轟地燒一場，中間不容易有一條折衷的路。」（《曹禺全集》第 1 卷，人民文學出版社 2014 年版，第 7 頁。）

四鳳，當他發現與後媽亂倫陷入了可能萬劫不復的險境時，他懺悔了。一懺悔，就佔據了道德高地：就在蘩漪絕望中提出只要他不拋棄她，她可以和他一起出走，甚至可以讓四鳳一起住時，當他得知是蘩漪在雷雨之夜從外面把窗戶關住，使他被堵在魯家時，他就咬牙切齒地說：「（狠惡地）我要你死！」周萍顯然從一個秩序的破壞者，轉變成一個秩序的維護者。他在思想上認同了傳統，在行動上與蘩漪劃清了界線。

其他幾個人物中，魯大海想破壞的是周樸園的社會秩序，在倫理觀念上他卻是與周萍一致的：一聽說周萍答應娶四鳳，他就表示支持，並諒解了周萍此前的背叛行為。四鳳原是對周家倫理秩序的一個衝擊力量，但她是不自覺的。一旦知道真相，她便受這個家庭、這個社會所認可的觀念的逼迫，慘烈地結束了花樣的生命。魯貴是一小市民，雖然搗蛋，但所求不過一己私利而已。

蘩漪，只有蘩漪，對周家秩序構成了致命的打擊。她說自己在周家18年，得不到溫情，就像生活在一口活棺材裏，已要悶死。她對周樸園的權威不屑一顧，痛斥周樸園是天底下最大的偽君子。她與周樸園前妻的兒子亂倫，還口口聲聲說只有她才懂周萍，似乎周萍與她私奔是一段浪漫的情緣。她為了自己的幸福，把親生兒子周沖當工具，要拆散周萍與四鳳，留住周萍的心……她的一切反抗，表現得理直氣壯，表明她是站在與周家倫理秩序完全對立的觀念上。她有自己的思想支撐，她對周家秩序的破壞，是自覺的，徹底的。她是一個行動派，敢恨敢愛，像一把烈火，也像從黑暗的天宇上劃過夜空的一顆流星，在最後的燃燒中把周家徹底葬送了。

這樣一個人，是完成《雷雨》悲劇主題的關鍵，沒有她就沒有《雷雨》。顯然，她不可能有一個替代的人物，她的角色功能是周樸園的第一個太太難以承擔的。周樸園的那個太太，大家閨秀，取代了同樣嘗試衝破禮俗、但最後因失敗而認命了的侍萍，顯然代表著傳統秩序，代表著周家固有的道德，她不可能成為蘩漪這樣一個無法無天的「壞」女人。所以當曹禺根據主題來設計人物及其相互關係時，只能讓這個太太在完成了自己的使命——周家因為要娶她而把侍萍趕出家門後，徹底消失。她若在周家繼續存在，蘩漪就進不來。蘩漪進不了周家，就不會有後來天翻地覆的悲——周樸園的這個太太，是侍萍的同齡人，她可以當周萍的娘，決無可能與周萍發生亂倫關係——除非曹禺瞎編。但如果沒有亂倫關係，《雷雨》便不再是《雷雨》。

單純為了一個交待，曹禺或許可以通過戲中的人物提示這個太太是被休

的。但被休所引起的衝突具有家庭革命的意義，會分散作品現有的主題，損害悲劇的效果。或許還可以說她死亡，但這又會引出她有沒有孩子等問題。再可以假設她與周樸園兩人沒有愛情，也沒有孩子，但如果這些要在戲劇中有所交待，問題就會複雜起來，同樣會削弱周樸園與蘩漪這條主線的矛盾衝突。從藝術構思所要求的效果上說，曹禺要的只是年輕的蘩漪與繼子周萍的亂倫，而不是周樸園與他第一個太太之間的衝突。因此，就只有一個最好的辦法：讓這位太太成為一個謎。劇情雖然不完善，但觀眾會被戲劇的衝突和巨大的悲劇效果所震撼，用不著去追究為了造成這樣的效果作家曾經過於心急地省略了一些必要的交待。當然，批評家可以，而且應該追究構思上的這一缺失，不是為了責備劇作家的疏忽，而是尋找劇作家創作時的心路歷程，發現一部偉大的作品如何從一些最初的情節碎片和人物影子開始孕育，他在藝術創造中的想像方式，他解決藝術挑戰時所採取的方法，從而理解一部天才之作的分量。

總而言之，周樸園第一個夫人的設置，僅僅是戲劇的結構藝術的需要：作者借她的出現而把侍萍趕出家門，埋下了悲劇的前因；因她的消失而為蘩漪的出場創造了條件，從而製造了這個悲劇的後果。她的出現和消失，是曹禺為完成主題所進行的逆向構思的一個產物。這種形式上的需要，可以與生活的邏輯分離——生活中有這樣的可能性，而又說不清楚它的來龍去脈。不僅曹禺自己彌合不了這個文本的裂隙，觀眾和讀者也難以按照自己的生活經驗補上這個情節的漏洞。它成了一個藝術之謎，但只要直接呈現給觀眾的舞臺形象，其一言一行，恩愛情仇，悲歡離合，都合乎嚴謹的心理邏輯，像《雷雨》所呈現給大家的那樣的效果，那就是成功。

三、悲憫天地間的「殘忍」

曹禺說：「這些年我不曉得『寧靜』是什麼，我不明了我自己，我沒有古希臘人所寶貴的智慧——『自知』。除了心裏永感著亂雲似的匆促，迫切，我從不能在我的生活裏找出個頭緒。」可以看出，他是在一種含混的詩性情緒中創作《雷雨》的。痛苦像用一把鈍刀割肉，鑽心的疼，「寫到末了，隱隱彷彿有一種情感的洶湧的流來推動我。我在發洩著被抑壓的憤懣，譭謗著中國的家庭和社會」〔註3〕。心中湧動的那一股悲情，需要外在的表達形式，他便

〔註3〕曹禺：《雷雨·序》，《曹禺全集》第 1 卷，人民文學出版社 2014 年版，第 5 頁。

直截了當地讓代表「惡」的蘩漪取代周樸園的第一個太太,以完成他要「詛謗著中國的家庭和社會」的初心。藝術想像與內心衝動,存在著密切的聯繫,在曹禺的逆向構思裏,原是包含了豐富的社會內容的。

曹禺的內心糾結,我認為是時代性的困惑在一個敏感的詩人心裏所激起的波瀾。經過新文化運動的洗禮,到 30 年代初,個人本位的五四倫理觀不僅沒有得到社會認可,反而遭遇了更為嚴重的挑戰。年輕的曹禺把這種時代性的困惑,包括個人本位的倫理觀自身存在的問題,置於想像的熔爐裏,創造了蘩漪這樣一個不朽的藝術形象。

《雷雨》中,蘩漪的形象是最為複雜的,但大家似乎沒有怎麼充分地意識到這在相當程度上是因為曹禺處處為她乖戾的行為提供了合理性的辯護。比如,被逼喝藥後,她對周萍說:「今天這一天我受的罪過你都看見了,這樣子以後不是一天,是整月,整年地,以至到我死,才算完。」沒有溫暖,甚至沒人理睬,一條鮮活的生命落在一口棺材裏,這是她 18 年來在周家的生活寫照。更重要的,是曹禺從蘩漪的角度強調,是周萍把她從活棺材裏救了出來,周萍現在怎麼能丟下她不管:「這不是原諒不原諒的問題,我已預備好棺材,安安靜靜地等死,一個人偏把我救活了又不理我,撇得我枯死,慢慢地渴死。讓你說,我該怎麼辦?」通過蘩漪的這一申訴,曹禺事實上表達了一個強烈的觀念,即蘩漪與周萍既已突破了名分,作為獨立的生命個體,在兩性關係上他們是平等的,她有追求個人幸福的權利,而周萍本應承擔責任。這裡,蘩漪堅持的是五四式的個人本位的倫理觀和基於個人權利的契約精神、責任意識。從人的權利角度看,蘩漪的這一堅持和對周萍始亂終棄的指責並非胡攪蠻纏。天賦人權、生而平等,生命有其獨立於封建禮教的自身的權利和價值。在她與周萍的關係上,是周萍主動引誘了她這個比周萍只大了幾歲的年輕的後媽,而且他們兩個的走近源於對周樸園專橫的共同不滿,自有其內在的必然性。

而一旦從蘩漪的立場看問題,觀眾和讀者就會給這個人物許多同情,理解她被拋棄時的憤怒,理解她為爭取自己的個人權利時的瘋狂。而周萍後來認同了傳統的觀念,從五四的立場看,他就與他父親一樣的虛偽,蘩漪就有理由譴責他:「你現在也學會你的父親了,你這虛偽的東西,你記著,是你才欺騙了你的弟弟,是你欺騙我,是你才欺騙了你的父親!」明白了這一點,人們就不難理解曹禺對蘩漪的喜歡:

我喜歡看周蘩漪這樣的女人，但我的才力是貧弱的……我想她應該能動我的憐憫和尊敬，我會流著淚水哀悼這可憐的女人的。我會原諒她，雖然她做了所謂「罪大惡極」的事情，——拋棄了神聖的母親的天責。我算不清我親眼看見多少蘩漪。（當然她們不是蘩漪，她們多半沒有她的勇敢。）她們都在陰溝裏討著生活，卻心偏天樣的高。熱情原是一片澆不熄的火，而上帝偏偏罰她們枯乾地生長在砂上。這類的女人，許多有著美麗的心靈。然為著不正常的發展，和環境的窒息，她們變為乖戾，成為人所不能瞭解的。受著人的嫉惡，社會的壓制，這樣抑鬱終身，呼吸不著一口自由的空氣的女人，在我們這個社會裏，不知有多少吧。在遭遇這樣的不幸的女人裏，蘩漪自然是值得讚美的。她有火熾的熱情，一顆強悍的心，她敢衝破一切的桎梏，做一次困獸的鬥。雖然依舊落在火坑裏，情熱燒瘋了她的心，然而不是更值得人的憐憫與尊敬麼？這總比閹雞似的男子們，為著凡庸的生活，怯弱地度著一天一天的日子更值得人佩服吧。〔註4〕

沒有深刻的同情和理解，是決寫不出這種激揚文字的。

當然，一個傑出的劇作家刻畫人物時，肯定要從這個人物的觀點來看問題，寫出這個人物的性格和他言行的合理性。但比較而言，曹禺對蘩漪的同情，顯然不同於他對侍萍等人的同情。他對侍萍的同情，是建立在人道主義基礎上的，同情她的顛沛流離的苦難，而對蘩漪的同情卻非常地糾結。他不全贊同她的行為，可是也正因這樣而更深地理解了她生命中交織著的「最殘酷的愛和最不忍的恨」——糾結的根源，原是他對五四新思想的堅守和這種堅守遭遇了現實的嚴峻挑戰。

五四新文化運動所倡導的新道德，對傳統的以家國為本位的道德觀造成了顛覆性的衝擊。但這種衝擊所造成的道德失序，需要時間來逐漸地重建。只有當新的道德被社會廣泛地接受，成為人們日常生活中自覺遵循的規範，它才算真正成立，但這一任務到30年代其實遠沒有完成。道德的重建，涉及社會最為深刻的內在變革。在新道德的倡導過程中，不僅頑固派指責它「鑽孔孟、覆倫常」，即使新文化陣營中也不乏有人認為它需要從實踐中按歷史進

〔註4〕 曹禺：《雷雨・序》，《曹禺全集》第 1 卷，人民文學出版社 2014 年版，第 8 頁。

步的方向協調它與傳統文化觀念的關係。並非新舊絕對地對立，而是要在協調人際關係過程中按有利社會健康發展的原則逐漸淘汰舊傳統中不合現實需要的成分，不斷地積澱新的道德思想，而在此過程中免不了會有一些悲劇性的人物成為歷史進步的犧牲。

如果說魯迅的《傷逝》表現的是新道德的軟弱無力：基於個人優先的道德觀要從困境中先救出自己的涓生告訴子君他不再愛她了，本希望子君從此再回到從前的勇敢，他的錯誤是有意無意地遺忘了子君從前的勇敢所憑藉的是愛，而當他以所謂真實的告白摧毀了這一精神支柱後，子君就只有死路一條。那麼到《雷雨》中的蘩漪，她根據個人優先的道德原則追求自己的幸福、捍衛自我的權利時，遭到了更大、更具普遍性的阻礙。她破壞了家庭和社會的一般規則，特別是她所堅守的個人優先的原則按其自身的邏輯進一步向個人權利方向延伸時，不可避免地傷及了那些無辜的人們，把整個周家及與周家有關係的一些人帶入了一個巨大的悲劇。比如當她把自己的親生兒子周沖用作情場惡鬥的工具時，就把一個純真的孩子的生命所賴以存在的精神依靠——母親的形象毀了。從這個意義上說，周沖的死亡未嘗不是對蘩漪作為母親的瘋狂行為的一個殘酷報復。

這是五四式的理想主義新道德觀到 30 年代面臨更為尷尬境遇的一個寫照，也是新的道德觀在對舊的傳統造成重大衝擊後，受制於文化發展的鐘擺效應，社會整體的道德秩序向新舊道德達成某種平衡的方向調整，因而舊觀念在新條件下獲得了某種合法性，開始重新發揮重要影響的一個結果。一句話，新的道德觀念不是有了更大的話語權，而是遭遇了更大的合法性危機。比如，與《傷逝》中涓生所堅持的新道德傷害到真正的弱者子君不同，蘩漪式的抗爭如果獲得周萍的響應，他們本是可以衝出家庭，開始新生活的。這從新道德的立場看未必有罪，而且幾乎肯定可以避免後來的悲劇。四鳳會因此獲得解脫，侍萍與周樸園也不見得水火難容。當然，這已不再是《雷雨》了，但從生活的邏輯看，這種可能性是存在的。問題是周萍浪子回頭，回歸了傳統的立場，使蘩漪陷於絕境，開始了困獸之鬥。這表明，在 30 年代的曹禺眼中，傳統的道德規範在社會上反而擁有了更大的勢力，新思想的影響反而不如十幾年前的五四時期。五四時期，許多青年陶醉於玫瑰色的夢想，反叛家庭，追求個人幸福，不少作家寫出了讚美戀愛自由、婚姻自主題材的小說。雖然這些反叛者無論是生活中還是在小說裏，都很快嘗到了夢幻破滅

的滋味，但比起《雷雨》的悲劇，畢竟帶著一點理想主義時代的亮色——而《雷雨》中，蘩漪的反抗，無論是對他人，還是對她自己，都完完全全是一個悲劇。

蘩漪的命運及《雷雨》中的眾多人物的悲劇性表明，個人本位的道德觀在實踐中所產生的這種極端性，把它與中國社會的衝突和它自身的矛盾性充分地暴露了。它的被社會廣泛接受，需要在歷史的發展中與中國傳統文化取得協調，在改造舊有觀念的同時，其自身也須進行調整，從而能成為人們日常生活所遵循的原則。但這需要時間，需要 12 足夠成熟的理性精神的支持。在 30 年代初，不僅蘩漪不具備與此相應的理性精神，而且曹禺自己也無力作出清晰的解釋。蘩漪的痛苦，其實也是曹禺的痛苦。因此，他才在那個不平靜的夏天陷入了煩躁與焦慮。當然，藝術天才之神奇正在於作為作者的曹禺在理性上把握不了，在情感上他卻準確、深刻、強烈地感受到了它，並且用生動的形象表達出來他的迷惑。

在生命的無奈中，曹禺在形式上轉向宗教的救贖。曹禺並非宗教的信徒，但他早年所接受的宗教影響足以使他從基督教的懺悔形式中找到虛幻的精神出路。整篇《雷雨·序》洋溢著深沉的懺悔的調子，初版的《雷雨》還有序幕和尾聲，寫晚年的周樸園把劫後餘生的蘩漪、侍萍養起來，來贖他的罪，給那些觀念上並不那麼封閉的觀眾和讀者一種基於人性懺悔的情感溫暖，與戲劇中驚心動魄的悲劇衝突形成了強烈的對比，以一個情感旋律的變奏增加了戲劇的感染力。

至此，我們無疑能更深刻地理解曹禺說的這段話：「我用一種悲憫的心情，來寫劇中人物的爭執。我誠懇地祈望著看戲的人們，也以一種悲憫的眼來俯視這群地上的人們。」〔註5〕他是對生命懷著敬畏，對個性充滿了敬意，對建立在個性解放基礎上的新道德懷著期待，但又分明強烈地感受到了所有這些在實踐中所遭遇的嚴重挑戰。這一糾結，是新文化運動帶給 30 年代那些經受了五四洗禮的青年的精神考驗，是現代性的追求與中國社會的現實一時無法取得協調的一個結果，反映出一個具有悠久文化傳統的中國在面臨西方現代性力量競爭時蹣跚卻又因青年的推動而堅定向前的艱難。對曹禺個人來說，這孕育了他內心強烈的衝動，因而要寫出這個變動的時代裏人們的期待和焦

〔註5〕曹禺：《雷雨·序》,《曹禺全集》第 1 卷，人民文學出版社 2014 年版，第 6 頁。

14

慮，寫出新舊道德激烈衝突中的天地間的殘忍，同時寫出人性的懺悔和寬恕。因此，《雷雨》才有一個「雷雨」式的大漢——充當了要衝破板結的道德秩序的先鋒，因此經歷了「最殘酷的愛和最不忍的恨」的蘩漪這一形象，才有了圍繞蘩漪這個形象的其他人物——「他們怎樣盲目地爭執著，泥鰍似地在情感的火坑裏打著昏迷的滾，用盡心力來拯救自己，而不知千萬仞的深淵在眼前張著巨大的口」〔註6〕。於是，也就有了曹禺為了表達他對人生的這一悲憫，在一個令人煩憂的夏天，在夢幻糾纏中，要讓蘩漪直接取代周樸園的第一個太太的位置，哪怕要因此留下文本的裂隙。但是，也正因為這樣，才有了《雷雨》這個中國現代話劇史上彪炳史冊的傑作。

　　載《文學評論》2017 年第 4 期，《新華文摘》2018 年第 1 期轉載，原題《悲憫天地間的「殘忍」——論《雷雨》的逆向構思》。

〔註6〕曹禺：《雷雨‧序》，《曹禺全集》第 1 卷，人民文學出版社 2014 年版，第 6 頁。

從游民到左翼作家：
艾蕪 30 年代的創作

左翼文學因其藝術方面存在的一些問題，經常受到質疑與批評。但左翼文學本身其實是複雜的，並非單一的為政治而不要文學。本文以艾蕪為對象，考察他受生活境遇的逼迫和底層身份的規約，走上了左翼創作的道路，又基於其個體的生存感受，融合了左翼的理想，形成了他獨特的文學風貌和生命風度。

一、為謀生而成為作家

艾蕪開始文學創作並不像有些左翼作家那樣是懷著崇高的信仰走上「為革命」的文學道路的，也不是「一登上文壇就受到了左翼文藝陣營的高度重視」這樣一句簡單的描述就能說明其全部意義的。他的成為一個作家，有個人和時代的因素，其中特別不能忽視經濟因素的作用。

在成為左翼作家前，艾蕪有長達六年的南國流浪與漂泊的經歷。1925 年夏，21 歲的艾蕪從四川家鄉步行至昆明，開始半工半讀的「勞工神聖」之旅，後途經緬甸的八莫、克欽山茅草地、傑沙、曼德里，最後抵仰光。留滯仰光期間，艾蕪主要靠在仰光的華文報紙上寫一些散文和詩歌換取稿費勉強度日，寫作內容多為漂泊生活見聞和離鄉去國、貧困哀愁的情緒抒發。1930 年，緬甸農民起義，艾蕪發表了一些同情農民的言論，被緬甸當局驅逐回國。艾蕪後來在談到為何走上文學創作之路時說，是「為生活所逼，沒有法子」〔註1〕。

〔註1〕艾蕪：《艾蕪文集第一卷・序》，四川人民出版社 1981 年版，第 3 頁。

在緬甸他給《仰光日報》及其副刊《波光》投稿是因生活所迫，1931 年他來到上海從事文學寫作，還是同樣的原因。他說：「在香港的拘留所關了一夜，放逐到廈門，後來又轉到上海。尋找工作來維持生活的嚴重問題，又提到我的面前。沒有事做，手又癢了起來：又寫詩和小說，以及散文，向上海的報紙雜誌投去，用作品去敲敲門。」〔註2〕

左翼作家不少都以寫作為生，如蔣光慈《衝出雲圍的月亮》由北新書局出版，立刻成為暢銷書，再版達六次之多〔註3〕，稿費成了蔣光慈生活的主要來源。洪靈菲、柔石、胡也頻、丁玲，包括稍後的蕭軍和蕭紅等左翼作家，也都主要以稿費維生〔註4〕。比較起來，艾蕪要靠稿費生活，顯得更為艱難。在仰光時，他靠微薄的稿費能養活自己，主要因為在華僑社群裏文學競爭不太激烈。可是上海那時雲集了許多知名作家，要在這裡以職業作家的身份生存，其難度可想而知。艾蕪寫過一篇題為《香港之夜》的散文，投到上海光華書局的《讀書月刊》。文章發表後，他說「寫信去要本刊物和稿費，卻像石沉大海，得不到回音」。〔註5〕他以《緬甸漫畫》為題寫了一組散文，描寫異國的風俗，投給上海的《時事新報》副刊《青光》。文章陸續刊載，而當他去索要稿費時，因為是無名小卒，就受到了冷遇：「文章登出來了，可是要稿費的時候，卻像打發叫花子似的，丟給我一塊錢，我當場撕了那張紙票，再也不向《時事新報》投稿了。」〔註6〕後來，《現代文學論》發起短篇小說徵文，他投去了一篇反映新加坡失業華工艱苦生活的文章，在公布的名單中他列第三，和其他入選者的文章一起編入一本小冊子。他去信索取稿酬和小冊子，仍是無人理睬。多年以後，艾蕪談到這一段經歷時說：「上海的出版商人，就是這樣對待一個初學寫作者的。我當時也不曾出錢買他們的小冊子，至今我也記不起小說的題名了，作為投進大海中的一粒石子算了」〔註7〕。作品發表了卻不給稿費，這樣的遭遇對於想在上海文壇立足並「以文為生」的艾蕪來說是

〔註2〕艾蕪：《艾蕪文集第一卷・序》，四川人民出版社 1981 年版，第 3 頁。

〔註3〕郁達夫：《光慈的晚年》，《現代》第 2 卷第 1 期，第 72 頁。

〔註4〕曹清華：《中國左翼文學史稿》，社會科學出版社 2008 年版，第 175～180 頁。

〔註5〕艾蕪：《三十年代的一幅剪影》，《左聯回憶錄》，知識產權出版社 2010 年版，第 177 頁。

〔註6〕艾蕪：《三十年代的一幅剪影》，《左聯回憶錄》，知識產權出版社 2010 年版，第 178 頁。

〔註7〕艾蕪：《三十年代的一幅剪影》，《左聯回憶錄》，知識產權出版社 2010 年版，第 179 頁。

一個嚴重的打擊。他後來坦率地說：「有的遭到退稿，有的登了，不給稿費，或都給予最少的稿費。沒有灰心，還是寫。因為找不到工作，同時，也沒有別的本事。」〔註8〕

一個人走上文學創作的道路，有一些機遇。艾蕪的經歷說明，他之成為一個作家，起初實在是由於沒有其他更好的謀生手段。即使遭遇了各種挫折，如退稿、得不到應得的稿費，生活陷入了困境，他還得在寫作方面努力。他並非規劃好要成為作家才去寫作，而是為了生活才走上寫作之路的，而且正因為早期人生中遭遇了種種挫折，經常陷於生活的困境，使他貼近了底層社會，在情感上更接近處於水深火熱之中的窮困民眾。這種個人經歷和情感的傾向，深深地影響了艾蕪，制約了他後來的創作道路。

二、左翼身份與革命理想

在努力尋找進入文壇門路時，有件事給了艾蕪一個重要的刺激。他初到上海，經朋友王秉心介紹寄居在泗塘橋的一個農戶家裏。一天下午，他為隔壁鄰居家的老婦人念一封信，信是這位老人在廈門的大女兒寫來的，說的是她在紗廠工作期間被壞人騙到廈門為娼，要求家人救助。老太太聽後只是痛哭：「飯都吃不起，還拿得出啥錢啊。」艾蕪自覺無力相助，但意識到可以把底層民眾的生活描寫出來，給社會一個提醒。他說：「我曾想過，不能解救屬此類人民的苦難，至少也得用筆描繪出來，引起全國人民的注意，並有所激動。這件事情，由於對上海情形不夠深切瞭解，我一直沒有動筆，但卻更加催促我去寫那些比較熟悉的滇緬邊界人民的慘痛生活」〔註9〕顯然，他基於自身的底層生活經驗，站在了窮人一邊，對他們充滿了同情。這種同情心成了他靠近左翼的一個重要思想基礎。

在與左翼交往之初，艾蕪看重的其實是作家而非「左翼」，但他從樸素的階級立場出發與左翼的交往卻對他具有重要的意義，這個意義就是此前作為「游民」的他，現在獲得了身份歸屬，在上海文壇初步立穩了腳跟。1931年，艾蕪以短篇小說《夥伴》向左翼雜誌《北斗》投稿，作品雖遭退稿，但他卻受到邀請參加《北斗》的讀者座談會。在會上，艾蕪結識了丁玲、鄭伯奇、馮雪

〔註8〕艾蕪：《艾蕪文集第一卷·序》，四川人民出版社 1981 年版，第 6 頁。
〔註9〕艾蕪：《三十年代的一幅剪影》，《左聯回憶錄》，知識產權出版社 2010 年版，第 180 頁。

峰等。1932 年春，艾蕪正式被編入左聯小組，獲得左翼作家的身份。此時距艾蕪有影響的作品《山峽中》1934 年 3 月發表尚有兩年時間，距離短篇小說集《南國之夜》、《南行記》，散文集《漂泊雜記》等陸續出版時間則更長一些。如果說 1935 年是艾蕪在文壇「真正開始確立自己名聲」〔註 10〕的一年，那麼此前的這幾年，他的文學活動與創作情況又是如何的呢？

艾蕪初被編入左聯小組，和茅盾、錢杏邨分在一起。當時左聯內部，熱衷討論的是國內外的政治形勢，而非文藝思想和文學創作。艾蕪在丁玲的安排下去楊樹浦工人區開展文藝大眾化運動，發展文藝通迅員。他白天教書，晚上辦夜校，為「左聯」做的完全是分文不取的義務工作。他還參加各種飛行集會，散傳單，貼標語，這種情形一直持續到 1933 年 3 月他被逮捕。不難想像，這期間艾蕪根本沒有時間和精力從事文學創作，即使於匆忙中寫了一些作品，質量也難以保證。兩篇具有鮮明左翼色彩的詩歌《扛夫的歌》和《示威進行曲》刊登在《文藝新聞》上，因為是左翼刊物，他沒有索取稿費。左聯所辦的期刊隨時面臨被查禁的風險，一般出幾期就會遭到當局的封閉。出版商為了規避風險和降低成本，對於不知名的作家一般也是不付稿費的。艾蕪說：「在這種情形中，為了壯大左翼文學運動，我們年輕的盟員，很願意貢獻各種力量，不要報酬。至今已經過了幾十年⋯⋯沒有一文收入，而壓迫生活下去繼續工作的痛苦心情而已。像這樣生活的盟員，當然不止我一個人。但大家都不談個人生活，只是一見面見談工作，談政治。」〔註 11〕可見當時的艾蕪雖已成為左翼作家，生活卻依然相當困難，經濟上全靠緬甸華僑募捐和上海朋友的接濟。沒有經濟來源的生活使他深感痛苦與無奈，不過他並沒有因此放棄左翼的立場，這主要還是因為對左翼文學精神的認同。這種認同，是與他的底層生活經驗相契合的，反過來又形成了支撐他繼續寫作的精神力量。

1933 年入獄的一段經歷，是艾蕪創作生涯的一個重要轉折點。當年 3 月 3 日，他在一家絲綢廠聯絡工人時遭到拘捕，關押在上海南市公安局的拘留所，後又移交蘇州高等法院第三監獄，到 1933 年 9 月 27 日獲釋，前後將近半年。出獄後，他對文學與革命的關係進行了新的思考，向時任左聯黨團書

〔註 10〕王毅：《艾蕪傳》，北京十月文藝出版社 2005 年版，第 207 頁。
〔註 11〕艾蕪：《三十年代的一幅剪影》，《左聯回憶錄》，知識產權出版社 2010 年版，第 185 頁。

記的周揚提出他不再參加「左聯」的社會活動，好專心從事文藝寫作。這引起了一部分左翼人士的誤解，比如胡風說他是在牢獄之災後被嚇怕了，批評他「從左面上來，卻要從右面下去」〔註 12〕。不過，艾蕪對「左上右下」有自己的看法，他說：

> 認為做黨的工作就是包括組織工作、政治運動，以至貼標語、散傳單、飛行集會等等。文藝工作算不得革命工作。再說，左聯的領導，也沒有使我「左上來」。當時左聯的領導是丁玲，她編的《北斗》，就沒刊登我投去的小說《夥伴》，她只讓我參加《北斗》的座談會，可見她並沒有因為左而從左邊往上拉。周揚確實在《文學月報》上登了我的小說《人生哲學的一課》。但他當時並沒有作左聯的領導。文藝評論的第一句話，「左上來」，並不確實。第二句話「右下去」的錯誤，是否定了文藝的作用，搞文藝就是右了。當時我並沒有辯論，只能勇敢地走自己應走的路。〔註 13〕

艾蕪對「左聯」組織活動的態度轉冷淡，在胡風等戰鬥性強的左翼盟員看來是「右下去」的表現，可是在艾蕪看來，此舉恰恰是一個作家對左翼身份的堅持、對左翼文學理想追求的真正體現。「勇敢地走自己應走的路」，對於堅定了「朝文學道路上走下去」的艾蕪而言〔註 14〕，是要踐行文學為革命的理想，寫出好的作品，以作品喚醒和激勵大眾進行反抗與鬥爭。

總的看，此時的艾蕪，左翼作家的身份已經不再僅僅是「左聯」對他這個「游民」的收編與接納，更重要的還是他從南國一路走來，基於個體生命體驗而萌生的「革命理想」在上海的左翼文學隊伍中找到了親切的認同感。可以說，這是艾蕪即使在艱苦的環境下仍能堅持文學創作的內在動力。在這一時期艾蕪的作品中，我們已經可以看到在左翼文學理念的燭照和左翼文學規範的引導下他的融合生命感受與革命理想的努力。

三、「階級」與「江湖」的兩個世界

1934 年 3 月，艾蕪的《山峽中》在北新書局辦的《青年界》上發表。同年 4 月，中華書局的《新中華》文學專號刊載了他的《松嶺的老人》。1935 年，

〔註 12〕 王毅：《艾蕪傳》，北京十月文藝出版社 2005 年版，第 186 頁。
〔註 13〕 艾蕪：《往事隨想》，四川人民出版社 2004 年版，第 194～195 頁。
〔註 14〕 艾蕪：《艾蕪文集第一卷·序》，四川人民出版社 1981 年版，第 7 頁。

艾蕪出版了短篇小說集《南國之夜》、《漂泊雜談》、《南行記》、《夜景》、《海島上》，散文集《漂泊雜記》，可謂是他創作的一個豐收年。他由一個「游民」成為文壇新人，逐漸確立了自己在左翼文壇中的地位。一個作家的身份意識十分重要。有了身份意識，就意味著他會自覺地遵循該身份所必須遵循的某種紀律。艾蕪把自己視為一個左翼作家，他開始認真地思考作為左翼作家所應承擔的使命，努力用左翼的觀點來指導創作。但僅僅是身份意識還不足以保證作家寫出優秀的作品。要創作出具有藝術感染力的優秀作品，更重要的是作家必須具有豐富的生活積累，並能從他的感性的生存體驗中提煉出能夠打動人心的藝術意味來。艾蕪的成功，就在於他在接受左翼文學理念的同時，能夠深入發掘自己的人生經驗，把生命感受與左翼的理念結合起來，形成了他獨特的創作風格。這方面，《山峽中》是一個成功的例子。

《山峽中》小黑牛的慘死，表面看是一夥強盜將負傷後要拖累大家的小黑牛扔進了奔騰的江水中，寫的是體制外的「江湖」，但更深刻的根源其實還在「山峽外」，即體制內的階級對抗社會。小黑牛家鄉的地主張太爺搶走了小黑牛的田地，搶走了他的小牛，搶走了他「白白胖胖」的女人，他也差點死在張太爺的拳頭下。為了活命，他才遠走他鄉，幹起偷盜的營生。沒有張姓地主的惡行，不會有小黑牛後來的悲劇。一群強盜邊緣化的生存方式背後，原是一個黑暗的「階級社會」。這種「江湖世界」與「階級社會」一顯一隱的敘事模式，是完全符合左翼文學標準話語規範的，同時又充分凸顯了艾蕪個人的創作特色。

作為創作走向成熟的一個標誌，艾蕪的這種顯在／隱性敘事模式不僅表現在《山峽中》，而且也貫穿在整部《南行記》及這一時期他的其他小說中。《山峽中》魏大爺一夥，《松嶺上》販雜貨的白髮老人，《月夜》中的「好弄小聰明」的吳大林，《人生哲學的一課》中從雞毛店裏被趕出去的生疳瘡的同屋，《烏鴉之歌》中被霸佔田地每日像烏鴉一樣哀號的瘋子，《瞎子客店》中雙眼失明的盲人父子，《我的旅伴》中失掉土地抬滑竿的苦力，這些人共同構成了艾蕪筆下的「江湖世界」。他們是小偷、盜匪、雜役、小工、滑竿夫、盜馬賊、私煙販子、貨郎老人等，無論從事的是何種勾當，他們都是沒有固定職業、房屋財產的「流民」。他們生活在社會的邊緣，在那裡默默地忍受，或為了活命而本能地反抗，說不上為了什麼高於現實的理想。《我的旅伴》中，老何從故鄉貴州來到滇緬邊境做起了「拿肩頭當馬、拿腳心去磨平路」的滑竿苦力，

過著磨骨頭抬人的生活。當同伴老朱笑他天生窮命，只有窮想頭，不如回貴州變豬的時候，他卻道出了自己的人生態度：「一個人喜歡到處跑跑跳跳，喜歡到處看稀奇，喜歡能夠自由自在地過日子，呵，一個人喜歡的多著呢！」同為滑竿苦力的老朱，不願被人踐踏，不像老何那樣相信命，他敢做敢為，冒著坐牢的危險，將鴉片私藏在滑竿管內，與命運抗衡。在這些人身上，可以看到常態社會所沒有的江湖習氣。《快活的人》中被逼得無法走「做工種田那條正路」，終日打諢和說說笑使他人和自己快樂、忘去憂愁的胡三爸，《七指人》中只有七根手指的出家人，《松山嶺》裏殺掉了地主全家與自己妻兒、如今在彝地寂寞過日子的白髮老人，他們為生計所迫，不願「給人踐踏著過日子」，因而聚嘯於山林荒野之中。艾蕪沒有直接寫他們政治性的反抗，但這些人的江湖人生本身就已經構成了對常態社會的秩序與道德的挑戰，具有巴赫金所指出的與官方統治相對「第二世界」的反抗意義。

如果說江湖世界以及其所承載的政治文化意義體現了艾蕪基於他的生命體驗向左翼文學靠攏的內驅力，那麼江湖世界背後充滿強權壓迫意味的階級社會的存在，則顯示了艾蕪接受左翼文學的規範，用自己的生命體驗表達左翼觀念的努力。《松嶺上》、《烏鴉之歌》、《瞎子客店》等是最能體現這一特質的作品。《松嶺上》的白髮老人獨自住在四山裏松濤咆哮、彷彿海邊漁家的木屋裏，在這樣一個小小的世界裏，一個愛喝酒、愛講話的老頭子給了「我」家的安靜與溫暖。「我」從他酒後的瘋話裏感受到他的孤獨：「你想，我一個人走在山裏，有時候，半天也碰不見一個人花花，……就這樣孤孤寂寂地過著日子。……天哪，那是些什麼日了！」老人喝到高興處，提議要把他的寶貝杯子和煙槍嫁女兒似的嫁與「我」。做生意時，他慈藹得象老祖父一樣，「一會兒伸伸手摸摸小孩子的下巴，一會尖起指頭撫撫女孩子的頭髮，逗著孫兒孫女玩耍，夜間總是醉醺醺地講著過去牧羊趕馬那些又美麗又溫馨的往事。然而，從一個禿頭小販的口裏，我們得知了另外一個人生故事：一個在地主家做長工的漢子偷米回家養兒女被發現，被弔在梁上打。在地主的挾迫下，漢子的女人為丈夫和兒女付出了肉體的代價。他無法忍受此般羞辱，提刀殺了老婆，殺了地主一家，殺了自己的兒女，從山村永遠地消失了。黑暗社會裏的階級壓迫與剝削，激起了漢子殺人的動機，也為白髮老人的當下人生提供了合理的解釋。對於這樣一段充滿了痛苦、屈辱與災難的生活，艾蕪並沒有過多的鋪陳與渲染，而是借旁人之口，點到為止。這是因為那個漢子從前

的遭遇本身就是具有充分說服力的經驗事實。

　　需要指出的是，政治上對立的兩個世界在白髮老人的生活中並非以對抗性的形式存在，而是在老人的生命過程中以一種映襯的方式呈現，並在艾蕪的敘述話語中得到了藝術的統一。與此相同，《瞎子客店》中羅家公館的二爺和邊遠地方的軍官，《烏鴉之歌》中奪走田地的魔王兄弟，他們與《松嶺上》的地主在身份與角色的功能方面具有一致性，都是以一種隱性的存在，提醒讀者要關注顯在江湖世界命運悲劇的背後更為深刻的階級對抗的社會根源。艾蕪以這種方式完成了對革命話語與政治訴求的個人化表達。

結語

　　左翼作家的創作道路，各有自己的特點。艾蕪是在經歷了充滿奇遇的人生後，以其底層的生活經驗與左翼的理念發生了共鳴，自覺把個人的生命感受與左翼的觀念結合起來，才成為一個具有個人魅力的左翼作家的。他不是用形象來圖解左翼的思想，而是承擔起左翼作家的使命，站在受壓迫的底層民眾立場上向舊的社會體制發出憤怒的抗議，寫出了深刻的生存感受，寫出了生動的生命樣式，寫出了感人的藝術形象。他曾與沙汀一起就寫作問題向魯迅求教，認識到作品中的人物並不是「翻一個身就革命起來」，而是需要「真真實實地刻畫出來」〔註15〕。這種執著於生活的真實展開藝術想像的經驗，是他的創作取得成功的關鍵。他後來寫出《一個女人的悲劇》、《春天》等作品，在人物塑造上依然追求真實的生命感，並未簡單地按照政治革命的話語來處理藝術形象，可以發現他始終是以真實的生活作為創作的基礎，即使在政治色彩較強的作品中也沒有失去一個作家必須具備的對文學與生命的真誠訴求。〔註16〕

　　載《江漢論壇》2013年第4期，原題《從「游民」到左翼作家：艾蕪1930年代的創作》。

〔註15〕艾蕪：《關於小說題材與魯迅的通信》，《艾蕪選集》，人民文學出版社2005年版，第224頁。
〔註16〕本文與陳昶合撰。

「南行」的豐碑：艾蕪的《南行記》

　　艾蕪是一位特立獨行的作家。當許多人蜂擁向西——向西方文學看齊時，他卻獨自南行，一路從雲南步行至緬甸。對於艾蕪個人來說，「南行」是他人生中一段難以忘懷的「銷魂」〔註1〕經歷，也是他創作的一大源泉。對於中國文壇來說，他的「南行」則稱得上是一道獨特的風景線，為正在興起的左翼文學增添了生動而豐富的內容。從這個角度看，可以說《南行記》是一個象徵，象徵著中國新文學正從此前的「西進」轉向了此時的「南行」。「南行」既是個地理概念，艾蕪走過的是崇山峻嶺，看到的是異域風光，經歷的是傳奇人生；「南行」又是一個文化標記，標誌著這時的新文學正在告別五四的啟蒙主題，越來越關注底層，更切實地反映受壓迫者的人生。在這樣的意義上，《南行記》堪稱一座文學的豐碑，在現代文學史上劃出了一條不能忽視的界線。

一、「南行」的選擇

　　五四時期許多作家向西方學習，接受啟蒙思想，而成長於五四的艾蕪卻選擇了「南行」，走上了一條與當時大多數知識分子截然不同的人生道路。對於艾蕪來說，「南行」只是時代影響下的個人選擇，年輕的他受著五四時期「勞工神聖」、「半工半讀」思想的指引，為了反抗包辦婚姻、追求自由解放而出走流浪。艾蕪在回憶錄中提到：「我在成都省立第一師範學校的時候，北京工讀互助團、留法勤工儉學會那些肯做卑賤工作的前輩們，不僅使我受了極大的感動，而且我下了決心去效法他們。蔡元培說的『勞工神聖』，簡直金光燦爛地

〔註1〕艾蕪：《想到漂泊》，《漂泊雜記》，河北教育出版社1994年版，第152頁。

印在我的腦裏。」〔註2〕「就由於這種對勞工神聖的簡單認識，並相信半工半讀可以做到，便用一種豪爽和愉快的心情，坦然接受著一個勞動者在舊社會裏所能遭到的一切苦難。」〔註3〕出於對「勞工神聖」的信仰，也因為包辦婚姻的逼迫，艾蕪決心獨立闖蕩江湖。他說：「自己想出一個辦法，到南洋群島去找半工半讀的機會」〔註4〕，因為「我想去北京上海，但沒有那筆路費。我當時只知道一點，在南洋群島，容易找到工作，可以積些錢，到歐洲去讀書。這是一點。第二，積不起錢，可以半工半讀。第三，從雲南到緬甸，進入熱帶地方，穿衣不成問題（到北京上海，可要冬天穿棉衣），只為糊口而勞動，容易對付一些」〔註5〕。從這段自述中可以看出，「南行」是年輕的艾蕪在時代思潮、自身境遇、個人思想狀況等多種因素作用下選擇的結果。不過對於整個文壇來說，這場因個人選擇而出發的「南行」卻折射出了時代影響下的文學轉型。

五四時期知識分子「別求新聲於異邦」〔註6〕，接受西方文學的洗禮，試圖移植西方的現代性來解決中國的困境。然而，這場以知識分子為先鋒的思想變革運動，難以從根本上改變長期受封建思想統治的底層民眾。受到西方思想薰染的知識精英，與底層民眾之間有著難以逾越的鴻溝，正像魯迅說的：「那時覺醒起來的智識青年的心情，是大抵熱烈，然而悲涼的，即使尋到一點光明，『徑一周三』，卻是分明的看見了周圍的無涯際的黑暗。」〔註7〕在內憂外患的刺激下，許多致力於啟蒙的知識分子開始尋求一條更為根本的「救亡」之道。以「五卅」運動上海工人鬥爭為突破口，迎來了革命運動的高漲。知識分子的思想發生變化，其中一部分由原來側重「西進」向西方國家學習，開始走向民間，意識到「只有無產階級，才是真正能夠繼續偉大的五四精神的社會力量」〔註8〕。這是一個重要的變化，艾蕪正好成長於這一變革時期。

〔註2〕艾蕪：《艾蕪全集》第11卷，四川文藝出版社2014年版，第267頁。

〔註3〕艾蕪：《〈艾蕪短篇小說集〉序》，《艾蕪短篇小說集》，人民文學出版社1953年版，第1頁。

〔註4〕艾蕪：《艾蕪全集》第11卷，四川文藝出版社2014年版，第3頁。

〔註5〕張建鋒，楊倩：《〈艾蕪全集〉書信卷未收的三封信》，《新文學史料》2017年第4期。

〔註6〕魯迅：《摩羅詩力說》，《墳》，人民文學出版社1973年版，第48頁。

〔註7〕魯迅：《〈中國新文學大系〉小說二集序》，上海良友圖書印刷有限公司1935年版，第5頁。

〔註8〕易嘉：《五四和新的文化革命》，《中國新文學大系文學理論一集》，上海文藝出版社1987年版，第246頁。

他於 1925 年「南行」，走向底層，無意中成了對這一歷史變革的回應。「西進」
是引進西方啟蒙思想，而「南行」則是發現底層的生存真相。從這個意義上
來說，艾蕪的「南行」既是個人的選擇，又切合了社會革命興起為其帶來的
契機，偶然中包含著某種必然的因素。

　　艾蕪「南行」，看到地主壓迫、殖民侵略、官商勾結，深深感受到社會的
黑暗、底層民眾的痛苦，縮小了作為知識分子與一般民眾之間的心理距離，
擴大了視野、改變了觀念，培養起對底層人民深沉的愛，為其日後成為左翼
作家打下了堅實的思想基礎，也為其創作《南行記》提供了豐富的生活經驗。

二、創造文學新景觀

　　南疆滇緬地區自然風光神秘幽深，洋溢著自由野性的民風民俗，這是一
片「化外之地」。艾蕪用行走的足跡，向人們展現了「兩岸蠻野的山峰」〔註
9〕、「崖頭蒼翠的樹叢」〔註10〕、「布滿蓊鬱的綠色叢莽」〔註11〕、「黑鬱鬱的
松林」〔註12〕，迎著「葉上顫動著的金色朝陽」〔註13〕走向夜晚「散碎的月
光」〔註14〕，看遍了滇緬地區才有的兇險的崇山峻嶺和深山老林。透過艾蕪
的雙眼，我們見到了如同「江中的水妖」、「林間的精怪」，「像一群魔女似的
突然在夜間出現」的傣族女子〔註15〕；見到了皮膚是「棕黃色裏透出紫黑的
顏色」的印度客人〔註16〕，穿著「翻領的白色汗衣，短的黃斜紋布褲子，長
毛襪，黑皮鞋」的英國紳士〔註17〕；還見到了在門前懸掛著水牛頭顱的骨骼
的克欽茅屋，用五色珠子製作窗簾的點綴著多樣色彩的緬甸房屋，感受著不
同民族文化的碰撞。通過艾蕪的探索，我們聽到了傣族少女咕噥著難以聽懂
的方言，傍晚從八莫寺廟裏傳來的悠揚而渾厚的念經聲，帶有仰光特色的咿
咿呀呀的歌聲。艾蕪的「南行」，向我們展示出別有洞天的異域風光，將文學
書寫的疆域向南拓展，描繪出了異於以往文學的奇特天地。

〔註 9〕 艾蕪：《南行記》，文化生活出版社 1935 年版，第 33 頁。
〔註10〕 艾蕪：《南行記》，文化生活出版社 1935 年版，第 59 頁。
〔註11〕 艾蕪：《南行記》，文化生活出版社 1935 年版，第 105 頁。
〔註12〕 艾蕪：《南行記》，文化生活出版社 1935 年版，第 73 頁。
〔註13〕 艾蕪：《南行記》，文化生活出版社 1935 年版，第 96 頁。
〔註14〕 艾蕪：《南行記》，文化生活出版社 1935 年版，第 100 頁。
〔註15〕 艾蕪：《南行記》，文化生活出版社 1935 年版，第 122 頁。
〔註16〕 艾蕪：《南行記》，文化生活出版社 1935 年版，第 132 頁。
〔註17〕 艾蕪：《南行記》，文化生活出版社 1935 年版，第 132 頁。

不僅如此。一路上目之所及的農民、夥計、強盜、商販、偷馬賊落於筆下，為現代文學畫廊貢獻了充滿活力的系列「流浪漢」形象。這些流浪漢受著殖民者、地主、官兵的多重壓迫，被榨乾、排擠、拋棄，不得不進入偏遠蠻荒之地。《山峽中》那位當了強盜的老頭發出了這樣的概歎：「小夥子，我告訴你，這算什麼呢？對待我們更要殘酷的人，天底下還多哩，……蒼蠅一樣的多哩」〔註18〕。在他的世界裏，拳頭棍棒早已見怪不怪，殘酷就是生活的本質。《松嶺上》獨居深山的寂寞老人，被老爺逼得走投無路，才狠心殺掉妻兒。這些流浪漢向所謂的文明世界展現了化外之地的苦難範式，那裡苦得驚心動魄。然而讓人感動的是，不被俗世社會所接受的這些人身上卻都有一股強悍的生命力。即便受盡凌辱，隨時隨地都有可能經受命運的狂風暴雨，依然頑強、堅定地生活著，在險惡的生存環境中，以惡報惡，用特有的方式對抗這個不公平的社會，就像《山峽中》的老頭子說的：「天底下的人，誰可憐過我們？……小夥子，個個都對我們捏著拳頭哪！要是心腸軟一點，還活得到今天嗎？你……哼，你！小夥子，在這裡，懦弱的人是不配活的……。」〔註19〕這是一種野蠻而又新奇的處世哲學，崇尚剛強、勇猛、義氣。小黑牛正是因為在夢中發出「我不幹了」的囈語，就被認定懦弱，因此失去了在這個野蠻社會中存在的意義。《松嶺上》的老人在二十年前的一個夜晚「把老婆殺了，老爺一家殺了」，甚至把「倒在媽媽屍邊的男孩和女孩，也一刀一個地殺了」〔註20〕，當年那個牛一樣壯的窮漢子選擇了用最極端的方式去反抗黑暗的社會，以暴制暴，然後孤身一人「上梁山」，在煙和酒的陪伴中悲哀地生活著。我們不得不承認，這幫流浪漢身上體現的價值觀念和生存準則是非常奇特且不符合傳統道德規範的，然而在殘忍的壓迫中，誰又能說這種反抗沒有意義？艾蕪筆下這些富有野性的流浪漢形象為中國現代文壇注入了強悍的生命與陽剛之力，向讀者展現了滇緬邊境土地上流浪者強烈的求生欲望、對黑暗的反抗，構建出一個以往文學中少見的雄奇壯美的小說世界。

與流浪漢形象相對應的，是一個不同於新文學史上少見的知識分子形象。五四文學裏的知識分子，有魯迅筆下的「啟蒙者」。他們在黑暗的「鐵屋

〔註18〕艾蕪：《南行記》，文化生活出版社1935年版，第35頁。
〔註19〕艾蕪：《南行記》，文化生活出版社1935年版，第49頁。
〔註20〕艾蕪：《南行記》，文化生活出版社1935年版，第81頁。

子」裏吶喊，在無聲的曠野裏彷徨，想要以「孤狼」般的哀號喚醒黑暗社會中麻木的群眾。還有郁達夫筆下「零餘者」，在社會劇烈變革中墮落、徘徊、傷感，無以自救，大多在社會的邊緣地帶沉淪。《南行記》裏的「我」，也是一個讀書人，但已經不再在象牙塔裏俯瞰中國，而是用腳去丈量民間疾苦。他淪落到了社會最底層，與「賤民」一同經歷黑暗社會的苦難，從一般人看來最為卑賤、愚昧、惡劣的偷馬賊、煙販子、強盜身上發現閃光點，用充滿理解與同情的眼光看待他們的遭遇，展現他們被遮蔽的人性。《人生哲學的一課》，與我同睡的夥伴將「我」唯一的一雙鞋子偷去，「我」也並沒有起著怎樣的痛恨與詛咒，「因為連一雙快要破爛的鞋子也要偷去，則那人的可憐處境，是不能不勾起我的加倍的同情的」〔註21〕。面對《我們的友人》裏無法改掉偷錢、嫖娼、賭博等惡習的流浪漢老江，即使知道他偷了「我」的錢，但只要「看見這可憐的人吐出可憐的聲音，我便不由得不轉成另一種的心情原諒他」〔註22〕，記憶中留下的還是他為大家買到一籃豐盛的菜時笑眯眯的可愛樣子。《山峽中》狠心將小黑牛拋下江底的那夥強盜，其實也有著正直、善良、豪俠的一面。當得知「我」執意要離他們而去時，偷偷地給我留下了三塊銀元，讓「我」岑寂的心上縷縷升起了一股暖煙。「南行」經歷為艾蕪提供了不一樣的視角，他與這些掙扎在底層的流浪漢生活在一起，不是去引導他們，批判他們，改造他們，而是去瞭解、感受，最終接納了他們。作為讀書人的「我」與他眼中的底層民眾的關係，與五四作家筆下的知識分子與民眾的關係有了很大的不同，因而他的精神氣質也有了新的特點。《人生哲學的一課》最後那句「就是這個社會不容我立足的時候，我也要鋼鐵一般頑強地生存」〔註23〕，便是這個「我」的流浪宣言，表明其更為接近地氣，身上有足夠的意志力與樂觀精神去經受苦難。《在茅草地》中，「一個追求希望的人，儘管敏感著那希望很渺茫，然而，他心裏總洋溢著滿有生氣的歡喜，雖也慮著成功還在不可知之列，但至少不會有絕望和灰心那樣境地的暗然自傷」〔註24〕，同樣是一種樂觀豁達的心境！《南行記》中的這個「我」，既是知識分子的一份子，又是貧苦百姓的代言人，開啟了現代文學史上知識分子與底層

〔註21〕艾蕪：《南行記》，文化生活出版社1935年版，第30頁。
〔註22〕艾蕪：《南行記》，文化生活出版社1935年版，第162頁。
〔註23〕艾蕪：《南行記》，文化生活出版社1935年版，第31頁。
〔註24〕艾蕪：《南行記》，文化生活出版社1935年版，第95頁。

民眾關係的新模式。

三、「南行」與左翼的契合

　　「南行」經歷使艾蕪深深體悟到滇緬地區階級壓迫的嚴重，殖民侵略的醜惡，勞動人民的艱難，也更切身地感受到自我思想的侷限性，因此堅定了投身無產階級革命實踐的決心。1930 年，因在緬甸加入共產主義小組，艾蕪被緬甸當局驅逐出境，歷經四年「南行」的他終於輾轉回國。然而回國後的艾蕪並沒有感受到祖國的溫暖，迎接他的是滿目瘡痍。在《三十年代的一幅剪影——我參加左聯前前後後的情形》中，艾蕪回憶道：「我回到離開四年的祖國，耳聞目睹，總覺得比帝國主義直接統治的殖民地還不如……我不能忍受下去，對於反帝這一重大戰鬥，一定要出把力，即使只在文字上表示一下，也是好的。」〔註25〕其實早在仰光的時候，艾蕪就曾經從一部美國好萊塢電影 Telling the world〔註26〕認識到了文藝作為宣傳工具對人思想影響的有效性，因此面對國家的危難，艾蕪自然而然地想到，以手中的筆為利器，把自己南行路上「身經的，看見的，聽過的，——一切弱小者被壓迫而掙扎起來的悲劇，切切實實地繪了出來」〔註27〕，為反帝戰鬥出一份力。這使他與當時上海的左翼作家聯盟所倡導的革命文學理念產生了共鳴。懷著對革命文學的憧憬，艾蕪與好友沙汀一起給魯迅寫信，表達自己的困惑：「專就其熟悉的下層人物——在現時代大潮流衝擊圈外的下層人物，把那些在生活重壓下強烈求生的欲望的朦朧反抗的衝動，刻畫在創作裏面，——不知這樣內容的作品，究竟對現時代，有沒有配說得上有貢獻的意義？」〔註28〕字裏行間重視文學的社會功用，希望能用文藝作品為時代作出貢獻。魯迅一個月後回信對此作出了肯定的答覆，認為「可以各就自己現在能寫的題材，動手來寫的」，並補充道：「現在能寫什麼，就寫什麼，不必趨時，自然更不必硬造一個突變式的革命英雄，自稱『革命文學』；但也不可苟安於這一點，沒有改革，以致

〔註25〕艾蕪：《三十年代的一幅剪影——我參加左聯前前後後的情形》，《左聯回憶錄》（上），中國社會科學出版社 1982 年版，第 228 頁。

〔註26〕艾蕪在《南行記》序言中提到他曾在仰光的戲院中看了電影 Telling the world，影片中極力渲染支那民族的「卑劣」與「野蠻」，由此帶給艾蕪極大的震驚體驗。

〔註27〕艾蕪：《南行記》，文化生活出版社，1935 年版，第 7 頁。

〔註28〕魯迅：《關於小說題材的通信》，《魯迅作品賞析大辭典》，四川辭書出版社 1992 年版，第 585 頁。

沉沒了自己——也就是消滅了對於時代的助力和貢獻。」〔註29〕寥寥數語，指出了左翼文壇的時弊，為兩個處於迷茫中的文學青年指明了寫作方向。得到魯迅先生的鼓勵，艾蕪有了創作的底氣，決心將筆尖觸及他的滇緬流浪生涯。「題材一涉及到了過去的流浪生活，文思便像潮水似地湧來，不能制止」〔註30〕，艾蕪的「南行」經歷實現了對他的反哺。

　　1932年，艾蕪被正式編入左聯小組，獲得了新的自我歸屬感。因應新的社會革命高潮的到來，左翼陣營放棄了五四時期知識分子改造國民性的啟蒙姿態，強調打破知識分子的優越感和中心意識，深入到工農群眾中去，歌頌勞動人民。不過這種呼籲開始時並沒有起到明顯的效果，知識分子始終與工農群眾保持著一定的距離。一些作家停留在主觀想像，將文藝簡單地理解為是革命的傳聲筒，出現了不少公式化、概念化的作品，如周揚指出的犯有「左派的幼稚病」〔註31〕。可是，「南行」後的艾蕪卻不一樣。在流浪中經歷過底層生活的艾蕪，與「被壓迫的勞動人民，一道受過剝削和侮辱」〔註32〕，已經不存在一般小資產階級知識分子與工農群眾之間的那種隔膜。他從真摯的內心情感出發，書寫滇緬「南行」的經歷。《人生哲學的一課》中與「我」一樣即將被生活壓垮的旅店同住者，《山峽中》因無處生存才不得已在山莽間討生活的強盜，《我詛咒你那麼一笑》中被英國殖民者殘忍欺凌的年僅十六歲的傣族少女，《我的愛人》裏在緬甸農民暴動中被關押在獄中的反帝戰士之妻……，艾蕪描繪這些人的苦難與屈辱，用一雙真誠而善良的眼睛發現他們身上那閃光的人性、強韌的生命力以及艱難的反抗，揭示出黑暗社會中的殖民侵略、階級壓迫、地主剝削。他恰到好處地用自己的生命體驗使左翼的文學理念獲得了一種元氣充沛的表現形態，使《南行記》既合乎左翼文學反抗階級壓迫的主題，又具有作家獨特的藝術個性，為左翼文學理念的實踐提供了一種新的模式。正如他自己所說：「南行過的地方，一回憶起來，就歷歷在目，遇見的人和事，還火熱地留在我的心裏……因為我和裏面被壓迫的勞動

〔註29〕 魯迅：《關於小說題材的通信》，《魯迅作品賞析大辭典》，四川辭書出版社1992年版，第585頁。

〔註30〕 艾蕪：《三十年代的一幅剪影——我參加左聯前前後後的情形》，《左聯回憶錄》（上），中國社會科學出版社1982年版，第227頁。

〔註31〕 周揚：《〈中國新文學大系文學理論一集〉序》，《中國新文學大系文學理論一集》，上海文藝出版社1987年版，第4頁。

〔註32〕 艾蕪：《南行記》（新版後記），作家出版社1963年版，第321頁。

人民，一道受過剝削和侮辱。我熱愛勞動人民，可以說，是在南行中扎下根子的。」〔註33〕艾蕪向人們證明了，《南行記》是一部能承擔左翼使命，同時又能實現文學的藝術追求的「滿有將來」〔註34〕的作品。即使在今天，《南行記》依然能以其深刻的生存體驗、生動的生命樣式、豐滿的藝術形象引起讀者的共鳴。

四、雙重意義的「豐碑」

「豐碑」意味著一部作品在時代中的標誌性意義，代表著文學史上獨特的影響力。艾蕪的《南行記》從創作實踐方面折射出新文學從五四文學的啟蒙到左翼文學的反抗階級壓迫的歷史性轉向，不失左翼文學的一座豐碑的意義。

然而《南行記》的文學史意義還不止於此。艾蕪的「南行」是在五四運動的影響下出發，實質上與五四精神傳統有著不可忽視的內在聯繫。五四先驅者提倡「人的文學」〔註35〕，艾蕪繼承了五四的「人」的意識，將書寫的筆尖對準「南行」途中所遇到的各色人等。《南行記》雖以反映底層民眾的苦難、表現朦朧的反抗意識等契合了左翼文學的要求，但他與一些左翼作家在關於「人」的書寫上卻有著重要的區別。艾蕪的創作是從其一路南行的親身經歷而來，而不是從機械的階級論觀點出發。早期左翼文學由於一些作家的左傾幼稚病，太過於注重文學為政治服務的功用，在作品中刻意表現人物身上的階級性。而在艾蕪筆下的人物中，由於走向了處於邊緣的異域天地，我們看到的是在苦難的壓迫下，擁有著野性、匪性、血性及堅韌的生命力的別一世界裏的人們，看到的是一個個有血有肉、鮮活生動的生命形態，看到的是在惡劣處境中依然充滿閃光點的「人性」，而這「人性」與階級性按照生活的常態自然地結合在一起。毫無疑問，艾蕪用自己的創作為左翼文壇提供了一種截然不同的生命形態，他寫的是複雜的生命個體「人」，是符合審美與常識的「人」，而不是作為階級標本的「人」。

《山峽中》裏面的山賊，被社會逼迫到「在刀上過日子」，個人性格扭曲，習慣於撒謊、偷竊，甚至把受傷、成為團夥累贅的同伴冷酷無情地拋進了峽谷，但他們也有自己的叢林之道，人性猶存。首領魏老頭鐵硬心腸，在女兒

〔註33〕艾蕪：《南行記》（新版後記），作家出版社 1963 年版，第 321 頁。
〔註34〕郭沫若：《癲》，《郭沫若散文選集》，百花文藝出版社 1992 年版，第 139 頁。
〔註35〕周作人：《人的文學》，《新青年》5 卷 6 號（1918 年 12 月）。

野貓子面前也會流露出讓人感到溫暖的父愛。他手下的同夥也並非毫無情義，他們拋棄了小黑牛，實有無奈的一面，反映了人生的殘酷。尤其是野貓子，野性中包含著女性的妖嬈，撒謊時也不失少女的純真，從而成為這個無情世界中的情感，給陰森的生活帶來了一點歡樂。很明顯，艾蕪是從親身經驗出發，不是從作為原則的思想出發，來描寫這個邊緣社會的傳奇人生。更確切地說，艾蕪不是沒有思想，他的思想是與經驗融合在一起的。他沒有用一種與經驗分離的思想來對親歷的生活經驗加以整理和歸納，使故事按照由這種思想指導的方向發展，也沒有把人物寫成由這思想原則所規定的類型；相反，他聽從直接經驗的指引，按照他所真切地感受到的人來寫，寫出了這些人活生生的存在形態，寫出了他們的粗野、兇狠，但又不失善良的生命形態。正是在這裡，艾蕪與同時代的一些左翼作家有了重要的區別。他以對生命形態的尊重、對「人」赤誠的書寫，在開拓了西南邊垂的底層生活題材、從而向左翼文學觀念靠攏的同時，又承傳了五四文學「人」的傳統。與同時代的一些左翼文學作品比較，《南行記》因其對個體生命形態的尊重而具備了更加普遍的價值，擁有了更為打動人心的藝術力量。這也就可以解釋，艾蕪的作品時至今日為何依然能夠引起眾多讀者的共鳴。

總而言之，《南行記》不僅是左翼文學的一座豐碑，更是左翼文學沒有排斥五四傳統，相反傳承了五四精神的一個見證，從而向文學史提供了歷史傳承的寶貴經驗，這是另一重意義上的豐碑。其中最重要的一點，是艾蕪尊重生活，把人當成人來寫。正義的追求，社會的批判，滲透在真實生活情景的描寫中，創作的傾向從細節和情節中自然地流露出來。他沒有離開個人的生活經驗來片面地接受左翼文學觀念的規訓，而是在生活經驗和時代要求兩者之間找到了一個契合點，即從生活中感受到時代的進步，發現了生活的新意義，把握到了文學的新主題，從而將五四文學的關於「人」的思想融入到左翼的革命文學寫作中。在這樣的意義上，《南行記》成為了聯結五四文學與左翼文學的一條重要的紐帶。

從五四時期埋下的種子，到「南行」時期的孕育，再到左翼時期的破土而出，一脈相承的是艾蕪對時代主流思潮的認同，對時代脈搏與機運的把握，對勞動人民天然的親近與真摯的愛。當我們強調《南行記》在左翼文學中的突出地位時，千萬不可忽視其與五四精神傳統的聯繫。只有將《南行記》置於從「五四」到「左聯」的時代發展和轉換的背景中，才可以完整展示出這部

作品的文學史意義。《南行記》既是五四文學開始向左翼文學轉型的一條界線，又是左翼文學融合五四傳統的一個標誌。時代的轉型投射在文學史上，艾蕪的《南行記》恰恰是能夠反映這場轉型的一部重要作品。從這樣的意義上可以說，它在中國現代文學史上築起了一座具有雙重意義的「豐碑」。〔註36〕

　　載《江漢論壇》2021年第4期，原題《南行的豐碑——論艾蕪〈南行記〉的文學史地位》。

〔註36〕本文與黃子琪合撰。

《南行記》的孤獨意識及其審美超越

　　艾蕪從《南行記》開始的創作道路，通向了左翼文學，人們也多是從左翼文學的角度來討論艾蕪的文學史地位，認為他區別於一般左翼作家的在於其作品中現實主義風格裏內含浪漫主義精神。其實，艾蕪成為左翼作家有他自身的獨特性。他不像一些左翼作家那樣因為接受了革命文學的觀念而成為左翼作家，而是從自身特殊的人生經歷和創作經驗中找到了通向左翼文學的道路。這其中，最為重要的是他從小形成的強烈孤獨感以及他在成長過程中對孤獨的反抗——抵抗孤獨的思維邏輯，串連起了他前期創作的整個過程，並從深層心理結構上制約了他小說的美學風格。這也就可以解釋為什麼《南行記》中浪漫傳奇色彩下呈現了作者沉靜如海的文學氣度。

一、來自童年的孤獨經驗

　　一些才情型的作家，其創作相當程度上得益於其內在氣質和他的童年經驗。作為南行的藝術結晶的《南行記》確立了艾蕪在中國現代文壇的地位，從它產生的心理機制看，其實可以看作是艾蕪逃避現實人生，要從精神歷險中尋找心靈寄託的產物。內心寂寞的人，比較喜歡打破常規，離群索居，與大自然親近。促使艾蕪離開家鄉，開始他傳奇的向南流浪，有許多因素，其中十分重要的，就是他童年體驗中的深深的孤獨感。艾蕪在《我的青年時代》說自己「那時有些孤傲」﹝註1﹞，孤傲這個詞很好地概括了南行之前艾蕪的性格。即使昆明的新奇景物吸引「我」駐足觀看，但「那不可制止的寂寞。卻從

﹝註1﹞《艾蕪全集》第11卷，四川文藝出版社、成都時代出版社2018年版，第283頁。

心中暗暗地升了起來」。〔註2〕艾蕪的寂寞和憂鬱不是遇上雲南半工半讀的奴役生活才被激發出來，他孤獨的源起可以追溯到成都平原上的幼年時代的清苦生活。

多次落榜的祖父一邊教「四書五經」的私學，一邊請人種田。清貧的家境加上望子中舉的野心，使祖父永遠保持一副莊重嚴厲的面貌，「我從來沒有聽見他大聲笑過，也很少看見他微笑的臉色。同時他也不大高聲罵人，他只消用眼睛嚴厲地一望，家裏人便都趕快低下頭，不敢開腔了。人人在他的面前，好像全變成學生了，自自然然小心謹慎起來，生怕犯了校規似的。」〔註3〕祖父威嚴的眼光下的監督與苛責束縛了童年艾蕪的行為，他既不敢在家中高聲唱兒歌，也不敢吹口哨，更不敢蹦蹦跳跳亂跑，壓抑著一個正常兒童的天性。他只常常一個人在母親房裏堆木塊，或是看父親帶圖畫的書，孤零零地度過時間。嚴肅板正的家庭生活剝奪了艾蕪幼年時期的天真爛漫與活力，某種程度上也壓制了艾蕪與外界交流溝通的表達欲望，養成了他對獨處的偏好，以及謹慎的處事習慣。

如果說祖父的生活作風影響了艾蕪的性格，那麼家境的貧窮則加重了艾蕪的心理陰影。艾蕪說，他外祖母家是失掉了土地的書香人家，寂寞的氣氛讓幼時的他也能感受到無可奈何的悲哀。比如，祖母對母親及其他兒媳的差別對待在母親看來就是嫌棄她娘家的貧窮。父親花錢大手大腳，揮金如土，經常惹得母親啼哭勸告。艾蕪一次逛縣城想買《楊家將》，因為囊中羞澀一再在攤主面前難堪，一臉通紅。面對上了大學的熟人何秉彝，沒有錢上大學的艾蕪，「自會生出強烈的羨慕，以至於忌妒起來」〔註4〕。貧窮帶給家庭緊張陰鬱的氛圍，也帶給艾蕪心理上的壓抑與自卑。

艾蕪的自卑心理還來自他對自己才智的懷疑與不自信。與何秉彝在算術課上的大出風頭相比，他的童年就如同風雪交加的早晨。「看到優異的同學，趕在前頭，光輝朗耀，也就只好自甘落後，羞羞怯怯地，掩藏起來。」人生的不如意，是多方面的。和十分聰明的弟弟相比，「我自然就意識到我是不大聰

〔註2〕《艾蕪全集》第11卷，四川文藝出版社、成都時代出版社2018年版，第280頁。

〔註3〕《艾蕪全集》第11卷，四川文藝出版社、成都時代出版社2018年版，第15頁。

〔註4〕《艾蕪全集》第11卷，四川文藝出版社、成都時代出版社2018年版，第53頁。

明了，心裏也就不免起了些抑鬱」〔註5〕。儘管這抑鬱很快就過去了，但是來自長輩的期許和壓力卻不曾消失。艾蕪的父親會在考試時給他塞小紙條，不願在別人面前「露出他兒子的低能」〔註6〕。「我」則在其他小事上也會怕顯露自己的「不聰明」，比如幫三姨孃賣蠶時沒有先問別人的市價就出手，覺得自己吃了虧，「太笨拙，太不聰明」〔註7〕。

壓抑自卑的心理讓幼年的艾蕪在面對世界時產生了無能為力的焦慮與不安，陷入孤獨境地。他既不肯去接觸他人的內心世界，也不會主動去表達自己的實際所想。外祖母家的大外爺看起來非常兇狠，比外祖父還要嚴厲，讓艾蕪不敢去親近；隨父親上學，和大學生坐在一起被戲弄威嚇，不知道怎麼應付，「心裏老是感到窘，因此也就沒有多大快樂」〔註8〕。他更喜歡獨得其樂。玩紙人的時候為避免被弟弟扯壞的不幸，他就躲到空屋裏面獨自和紙人玩耍。「它們使我興奮，也使我快樂，儼然像憑空添了好些伴侶一樣。這怕是一個孩子在寂寞中最好的遊戲。」〔註9〕人生有時是公平的，當上帝給你關上一扇窗戶時，他同時給你開啟了另一扇窗戶。少年艾蕪感覺人與人不容易溝通，寂寞的情緒如影隨形。孤獨意識深深地扎根於艾蕪的心裏，卻使他在南行的流浪中被那異國的風光與傳奇的人生所震撼，向中國現代文壇奉獻了一部生機盎然的作品。

艾蕪的選擇流浪，直接原因是眾所周知的逃離父母的包辦婚姻。他沒有選擇不少同齡人選擇的去上海、北京等繁華都市發展，是因為實際的困難。在北京上大學一年至少三百塊錢，這遠遠超出一個剛脫離家庭的青年所能承擔的壓力。若要去法國半工半讀，上海施存統辦的工讀互助團、北平工讀互助團等都已停辦。除此之外，艾蕪也要認真考慮生活成本的問題。正好當時聽說在南洋群島容易找工作掙錢，年輕的艾蕪選擇南下，從雲南到緬甸，可

〔註5〕《艾蕪全集》第11卷，四川文藝出版社、成都時代出版社2018年版，第53、54頁。

〔註6〕《艾蕪全集》第11卷，四川文藝出版社、成都時代出版社2018年版，第81頁。

〔註7〕《艾蕪全集》第11卷，四川文藝出版社、成都時代出版社2018年版，第85～86頁。

〔註8〕《艾蕪全集》第11卷，四川文藝出版社、成都時代出版社2018年版，第37頁。

〔註9〕《艾蕪全集》第11卷，四川文藝出版社、成都時代出版社2018年版，第55頁。

以省去從成都到上海再到新加坡的一部分船費，且南方氣候炎熱，不用花錢準備棉衣棉褲。這對生活拮据的艾蕪來說，也減輕了不少經濟負擔。

艾蕪喜歡上流浪中的奇特人生，一個更重要的因素是他從小在孤獨中形成的拙於跟複雜的社會交往而更喜歡在獨處中發現傳奇的性格。艾蕪的回憶裏，幼時外祖母給他講過一個《魏小兒西天問活佛》的故事，在這個故事中魏小兒很小就可以一個人西行，並且收穫一個相對美滿的結局，這給艾蕪寂寞而又枯燥的幼年時代帶來奇異的幻想色彩，也給他埋下了一個人遠行流浪的執念。祖母奇妙而富有教育意義的故事給幼時的艾蕪留下了深刻的影響，當他長大後可以自己主動汲取書中內容時，他又被光怪陸離的武俠世界吸引了。《三國演義》《七俠五義》《小五義》《彭公案》中，讓艾蕪最傾心的是將軍和俠客，「只是把功勳戰業打在第一，或者是獨來獨往，雲遊天下」〔註10〕。艾蕪嚮往獨來獨往的境界，南行對他而言，雖然艱苦，反而是一次機會。在孤獨的旅途中，不僅不需要應對複雜的人事種種，簡化的生活方式也讓他更加接近精神層面的放鬆與滿足。

二、遭遇雙重孤獨的新挑戰

西南邊地對艾蕪來說是新奇而又陌生的世界。相較於艾蕪之前的生活，這裡落後、貧窮、愚昧而不開化，像是古老中國蹣跚身影上最斑駁的一塊，跟不上文明社會的發展步伐。這種差異非常容易加劇一個流浪漢的陌生感，從而刺激艾蕪對人生的孤獨有了新的感受。

艾蕪的孤獨意識在南行過程中的變異，主要源於他流浪中的生存孤獨與道德困境。

孤身一人穿梭在荒涼蕭條的深山裏，一天未見一戶人家，放眼望去只是黑鬱鬱的樹林，不免讓艾蕪心慌意亂，就像他說的：「在這離開故鄉一兩千里的陌生城市裏，我像被人類拋棄的垃圾一樣了。成天就只同飢餓做朋友，在各街各地寂寞地巡遊。」他的創作，浸透了這種感受。如《人生哲學的一課》的開頭，「我」身無分文地從山裏來到了昆明。沒有錢吃三文錢的燒餅，想起吃白食的懲罰，心裏就難受。為了填飽肚子，他把在昭通花四百文買的草鞋以二百文賤賣掉。住在骯髒的小屋裏，擔心著被同住的人傳染皮膚疾病。

〔註10〕《艾蕪全集》第11卷，四川文藝出版社、成都時代出版社2018年版，第75頁。

人生地不熟的異鄉沒有人作保，想找個體力活保障基本的吃住也是難上加難。每天處在對「飢餓」、「疾病」、「無歸（沒有住宿之地）」的擔憂之中，「（我）越唱越感到自己的空虛，心便會暗暗地給深沉的悲切侵襲著、圍困著了」〔註11〕。《流浪人》裏，和「我」同行的人吃了店家的東西賴帳走掉了，「我」只得拿出自己最好的一件衣裳抵債。受騙的經歷讓他「慪了　肚子氣」，看到的「每一間屋子，都不是我安息的地方，一切都和我陌生」〔註12〕。在漂泊的路上，「我」既找不到可以依賴求助的人，也和他人維持不了長期關係。生存孤獨實際上是艾蕪的生計得不到基本保障的情況下對外部世界產生的懷疑和憤懣，無依無靠的飄零生活也擴大了他在邊地的不安感與孤獨感。

幸運的是，艾蕪依靠自己的能力和別人的幫助找到了營生之法，勉勉強強在當地安頓下來。但是在生活稍有保障後，此前被掩蓋的問題逐漸暴露出來，主要是人活著的意義以及人應該如何活才有意義的道德問題。艾蕪是一個內心世界十分豐富、有理想的文化青年，他不願意僅僅活命，他要探索人生意義，要透過他所接觸的底層民眾生存狀態，思考人的存在，然而他那時又找不到明確的方向，獲得自我的確證。正因為這種茫然，也可以說是因為歸屬感的缺失讓艾蕪由生存孤獨走向了意義缺失的道德困境。

當然我們從艾蕪的作品讀懂了，他是以一種平等好奇的心態去描繪那個遙遠邊陲的新鮮世界以及在南行途中遇到的各具特色的人物。他並沒有帶著知識分子的清高和苛刻去審視這群生活在社會最底層的窮苦民眾，去批判他們無所顧忌的生存之道。他就在同樣的困境中勉強度日，能以切身體驗去理解那些人們生活的艱辛與不易。然而接受了文明洗禮的艾蕪，基本的道德原則已經在他心中刻下了難以磨滅的印記。他在原始與荒涼的西南邊地的這段時日中，內心的道德衝突頻發是不可避免的。最直接的例子就是《月夜》中一向愛占別人便宜的吳大林，他把「牽羊拔牛毛」當做一種本領，順手偷走為他們提供食物的好心異族人的鴉片。這種行事是不符合艾蕪道德原則的，因而給他帶來了沉重的心理負擔。他把這種良心上的折磨訴諸於筆端：「我不

〔註11〕《艾蕪全集》第 1 卷，四川文藝出版社、成都時代出版社 2018 年版，第 22 頁。
〔註12〕《艾蕪全集》第 1 卷，四川文藝出版社、成都時代出版社 2018 年版，第 59 頁。

安，我覺得彷彿我自己也犯了什麼罪」。〔註13〕艾蕪不僅反感生活中的以怨報德，也排斥生意上的欺瞞哄騙。《松嶺上》中的老人家做生意以次充好，艾蕪有心幫顧客挑實惠的物品，卻被他嘲笑不會做生意和對姑娘「不老實」。艾蕪並沒有被老人家的說辭所迷惑，他非常堅定地認為老人家的行為才是真正的失信，下決心離開他。善良正直的艾蕪並非沒有過猶豫不決，但是他最終還是堅持自己內心的道德律。比如，《私煙販子》中對他和藹可親的陳老頭，經常喊他去販賣私煙來改善生活。艾蕪雖然感受到陳老頭的好意與溫柔，甚至幾乎就想留在他身邊，但最終還是選擇離開。《偷馬賊》裏把當一個「偷馬賊」作為人生目標的老三，艾蕪反感他的偷盜行為，竭力勸說他走正道。後來明白了老三去當偷馬賊的原因，但是在小說結尾通過老三對他的嘲諷還是暗示了艾蕪自己一直堅持要走的正當道路。

毋庸置疑，流浪中的艾蕪和周圍的人在道德觀念上存在差異，甚至發生過矛盾。他理解這些人強烈的爭生存的歡樂，但是他依舊選擇守護自己的道德標準，誠信、正直、不傷害他人是他的底線。但是生活比想像的複雜，往往要受到考驗，特別是遇到嚴重的道德衝突時，他會嘗到無能為力的煎熬。《我詛咒你那麼一笑》，懂英文的艾蕪被迫領著一個想找女人的英國紳士去客店，因為老劉的欺瞞與取笑，艾蕪誤以為這裡沒有女人，就回去了，第二天早晨才知道有一個傣族少女受到了傷害。艾蕪生老劉的氣，又覺得自己做了洋人的幫兇，飽嘗內疚與自責所帶來的痛苦。

生存孤獨讓艾蕪感受到他與世界的對立，加劇他的不安及陌生感；而道德困境則更多讓他感受到人與人之間的觀念差異，感受到人際間的距離與隔閡。西南邊地的人事種種，各形各色，讓初來乍到的艾蕪感受到不同於以往的生活，豐富了他對孤獨的體驗，也刺激誘發他進行另一種層面的思考探究。一個優秀的作家，正是將比普通人更多、更大的內心煎熬轉換為理性思考，才能磨礪精神的韌勁，從而超越孤獨，造就他的傳奇佳作。

三、尋找審美共通的精神家園

作為一個漂泊者，孤獨意識讓艾蕪在南行中不會過分依賴傳統或是普遍意義上的審美標準，這就使他對新奇特殊的人情風貌不會輕易產生牴觸和排

〔註13〕《艾蕪全集》第1卷，四川文藝出版社、成都時代出版社2018年版，第101頁。

斥的心理。包容平等的態度讓坦率直接的邊疆人民有機會走入這位遊子的內心，而觸發他審美共鳴的地方正是邊地艱難生存環境中人們對生命的態度。它的核心就是「活著至上」。因為每個人都在生與死的邊境線上掙扎，所追求的不過是人最基本的生存權利，所以便會對其他內容缺乏關注。在「活著」面前，那些在所謂文明世界被嗤之以鼻的「自私」、「陰狠」、「偷盜」、「暴力」的罪惡程度彷彿都被打了個折扣，因為在生命都無法保障的情況下，所謂的道德準則必然要為生存讓步。在這裡，能掙錢就是好事，偷馬賊這份職業體現出無畏的智慧與高超的技巧，自然而然收穫了其他人的尊敬與肯定。在這裡，人們為了自己的利益不擇手段，《山峽中》野貓子懷疑艾蕪會揭發自己團夥，甚至打算殺掉他。《我們的友人》老江不僅拿著大家的伙食費去賭博，還偷偷拿走艾蕪存下來的盧比。《流浪人》中漢子吃了飯一走了之，卻把飯費攤給艾蕪，害得艾蕪拿自己一身好衣服抵了帳。大家把維護自己利益、保障自己生存，當成理所應當的事情，看似將道德底線視若無物。但如果僅僅是這樣，恐怕就成了揭露邊疆野蠻生活習俗的紀實文學。艾蕪的可貴在於他沒有簡單地以「活著」來制定道德標準，而是以審美的眼光寫出了一種生命的獨特形態，使讀者可能剛以為遭遇了原始的野蠻時，人性之美卻絕處逢生，發出閃閃的光，照亮了你的心靈世界。《山峽中》本想拉艾蕪入夥的野貓子看到艾蕪沒有揭發他們，肯定了他的義氣之舉，也決定放棄對他的勉強，離開時還給他留下了三塊銀元傍身；《我們的友人》中老江偷了艾蕪的盧比，也知慚愧，後來又用自己賺到的錢補還給他；《流浪人》中艾蕪用自己的一身好衣服抵帳之後，再次遇到矮漢了，矮漢子灑脫地把錢補給了艾蕪；《偷馬賊》中艾蕪本來覺得老三去當偷馬賊非常不堪，後來卻被他小人物的「掙生存」的「高傲」而感動，覺得這是用不著被人憐憫的。簡而言之，打動艾蕪的是邊地人民掙生存的坦然與努力，以及亦正亦邪的他們在艱難困境中流露出的那種樸實的人性之美。

「活著至上」進一步來說，就是不屈服於現實的黑暗與困難，是坦率與真實的抗爭意識，這恰好契合了自幼嚮往狹義的艾蕪內心的真實想法。艾蕪向來不是一個隨波追流、屈服現實的人，否則他也不會為了婚姻自主而毅然離開家庭，踏上陌生未知的遠方。更重要的是他認為生活艱難，但生命可貴，每個人都不應向困境妥協。就如同他在《〈南行記〉重印題記》中寫道，「人也得像河一樣，歌著。唱著，笑著，歡樂著，勇敢地走在這條坎坷不平充滿荊棘

的路上。」〔註 14〕西南邊地人民對生命的熱烈不加掩飾的渴望，體現在生存手段的直接了當，體現在性格中的直白率性，體現在對未來的樂觀想像。《偷馬賊》中的老三會想要追求更廣闊的世界，他說他要把找到的裂縫捶得更開些，更寬些；《老段》中的老段一得閒就會想方設法讀書、學畫像來充實自己，後來學以致用，不僅在報刊上發表文章，還開照相館當照相師；《海》中海員朋友不僅關切自己的國家，還熱切地關注別人的國家，心懷世界。正同「真心誠意盼望光明的日子早點到來」的艾蕪一樣，「希望有一天世界光明了，能夠看見美好的東西」〔註 15〕。這份共通的審美在於對生活懷揣積極的心態，喚起艾蕪內心對反抗困境的認同感，也讓他看到這片陌生土地帶給他的不只是孤獨與寂寞，也有對生命共同的珍重和熱愛。

從這個層面上來說，與西南邊地人民產生的這份審美共通是極為重要和特殊的，它打破了艾蕪在南行途中的孤獨狀態，突破了艾蕪的孤獨心理重圍，豐富和強化了艾蕪對「活著至上」與「抗爭意識」的認識與體悟，也在某種程度上成為激發艾蕪書寫西南的因素之一，影響著《南行記》的文本呈現與審美表達。

四、展現沉靜如海的文學氣度

艾蕪是幸運的，他能夠在這片陌生的土地上收穫與之共通的審美體驗，但這並不意味著他的內心世界已臻於圓滿，遠離孤獨侵擾。他還是會在邊地繼續豐富孤獨的體悟，其最關鍵的原因在於雙重身份下產生的精神孤獨。肩負知識分子與流民兩種身份讓艾蕪很難從真正意義上獲得歸屬感。流民身份讓他直接接觸到西南邊地底層生活，真切感受到自己與當地人的差異。比如，與野貓子那群人同住的夜晚，艾蕪就著火光看書，老頭子和鬼冬哥卻都說讀書無用，儘管艾蕪不願同他們爭論，但打心底裏覺得和他們不是一路人。《月夜》中吳大林拉下艾蕪的小包袱露出裏面的書向別人力證我們是讀書人，達到目的後就把這些書拋之腦後，而艾蕪重新整理書籍，把包袱拴好，將書籍視若珍寶。《卡拉巴什第》裏的杜蘭提建議艾蕪寫一寫都市男女的戀愛私情故事來掙取稿費，但艾蕪對這些絲毫不感興趣。生活的艱辛不易也沒能抹去他

〔註 14〕《艾蕪全集》第 1 卷，四川文藝出版社、成都時代出版社 2018 年版，第 9 頁。

〔註 15〕《艾蕪全集》第 1 卷，四川文藝出版社、成都時代出版社 2018 年版，第 145 頁。

對文學的品位和追求，艾蕪珍惜書籍，拒絕進行自己不喜歡的文學創作。知識分子留在流民艾蕪身上的文化痕跡，讓他比其他人在物質和精神上都過得更加艱難。他的處境非常尷尬，一方面出於對自己的要求，他沒法像那些渴望生存的人那樣肆意瀟灑，隨心所欲。為了保留讀書時間和身份，他住宿也要多付店錢，給拮据的生活又增添了幾多壓力。除此之外，知識分子的單薄身體讓他在招聘時上也備受體力的質疑。另一方面艾蕪也不願意將自己苦楚向人訴說，如《我的旅伴》裏老何向別人為他討工作，也會引起他的不舒服。即便艾蕪和周圍有著思想上的差異，也只會內部消化，負面情緒缺乏有效及時的疏導，也必然會感到孤獨無依。

艾蕪感動於邊地人民掙生存的努力態度與拼搏精神，也將「一切弱小者被壓迫而掙扎起來的悲劇」〔註16〕看在眼裏，寫在筆下，但是他不會選擇這樣的手段或方式來改變自己的生活現狀。這是因為他在有意識地抵抗孤獨對自我的壓迫；換句話來說他不會為了排遣寂寞與孤獨而隨波逐流，與周邊的人事妥協，放棄自己原本的堅持。所以他在西南邊地既孤獨又不孤獨，他不排斥孤獨也不會迷戀孤獨，更不會被孤獨驅使，他既體悟孤獨也在抵抗孤獨。這種對孤獨強烈而敏銳的感受和對孤獨的抵抗，豐富了艾蕪的情感世界，也造就了艾蕪不同於一般左翼作家的審美表達。

尼采認為孤獨造就人類，對於艾蕪而言，孤獨意識也造就他的南行世界。一個人的孤獨意識是內向性、私人性的，它是帶有強烈個人色彩的情感體驗。《南行記》中，艾蕪由生存危機產生的孤獨意識讓他始終以一種警惕謹慎的眼光看待周邊世界。警醒帶來的是敏銳的體察以及創作思路上的新奇感，這讓艾蕪筆下描繪的西南人民平凡而質樸的生活瑣事也能帶給讀者新鮮刺激的想像，保證了人物形象塑造時的獨立性及完整性。所以讀者從《南行記》中讀到的是一個個真實的、鮮活的、不帶有其他地方痕跡的西南底層人物。而道德孤獨和精神孤獨讓艾蕪和他筆下的人物保持距離，也就相對客觀冷靜。艾蕪不會對這些人物提前設置過多期待和想像，也不會對他們的行為選擇給予過多的審視與評判，這有助於讀者更能直觀感受到他們的生活狀態和情感變化。

這種面對孤獨意識的理性態度也催生了艾蕪在《南行記》中沉靜如海的

〔註16〕《艾蕪全集》第 1 卷，四川文藝出版社、成都時代出版社 2018 年版，第 2
　　　頁。

文學氣度。以往研究者總結了艾蕪《南行記》中明麗清新的浪漫主義特色，認為這些有著傳奇經歷的主人公身上體現了對不公現實的反抗精神，用奇異的理想故事來震撼人們的心靈。筆者強調的沉靜如海的文學氣度正是指在此基礎上艾蕪不同於一般浪漫主義作品的獨特創作風格。沉靜如海，《南行記》有著大海般廣闊的心胸和佔據一方的穩重底氣，艾蕪善用簡單如常的語言來講述故事，輕拿輕放，背後卻含著真摯動人的情感，表現了人生百態海面下深沉的、隱秘的、細微的人性種種。他筆調從容大度，海納百川，保持了形形色色的西南人民鮮活的性格特徵；又沉靜自持，將邊地底層真實的生活徐徐道來，尊重每一個故事和每一種人生。浪漫與傳奇並沒有在艾蕪這裡失去控制，孤獨的精神邏輯影響下形成的沉靜如海的文學氣度為這份情感拉上了韁繩，讓讀者從而有機會看到邊地現實生活與人們生存需求的衝突性，窺見邊疆兒女身上關於「善」與「惡」的矛盾性。這份衝突性與矛盾性也造就了《南行記》的審美表達與文學高度。

在艾蕪關於孤獨的情感邏輯的影響下，他在《南行記》中的文筆是坦率直接的，同時又是殘酷真實的。一方面，生存的艱難困苦讓讀者降低對這裡的期許，而這時流露的善意更能讓人覺得慷慨大方。正如同億萬富翁捐贈的一百萬和乞丐捐贈的一百塊相比，給人感覺後者更能體現個人的無私與善良。極端環境下的「弱」，彰顯了「善」，使得人性的光芒帶給讀者的美感得到極大的突出與強化。另一方面，艾蕪筆下看似自私邪氣的人物居多、黑暗不道德的行為占較多比重，描寫人與人之間的光明部分往往一筆帶過，但恰恰讓我們更能感受到當人處於求生存的艱難困境時流露的關心、愛護、補償、報恩等動人情感的可貴性。惡中之善，比善中之善更容易擊中讀者內心的柔軟之處（當然此處的「惡」並不是指「窮兇惡極」那麼誇張的程度，而是指不符合傳統的道德審美標準）。這就是為什麼野貓子、老三等人能讓讀者感受極強的生命力和純粹的人性之美。「弱中之善」和「惡中之善」，正是艾蕪在邊地的生存孤獨與道德困境中體悟出的人性之美。

就像艾蕪在《描寫光明和黑暗的一例》一文中評價魯迅《藥》的那句話，「但我們覺得是在快要天亮的時候，望見東方的曙光一樣」〔註17〕。這也是《南行記》文學藝術性所在，直面人性隱秘的殘酷真實中開出的西南邊地勞

〔註17〕《艾蕪全集》第14卷，四川文藝出版社、成都時代出版社2018年版，第171頁。

動人民的人性之花。艾蕪的孤獨意識讓他敏銳地發現了西南世界不同尋常的審美點，也影響了他對這份美感的敘述與呈現，造就了他在《南行記》中浪漫主義色彩下沉靜如海、從容坦然的文學氣度，為中國文學史留下了一份時品時新的審美超越體驗。〔註18〕

載《重慶評論》2020 年第 2 期。

〔註18〕本文與岐尚鮮合撰。

《南行記》的江湖情懷與浪漫精神

　　作為左翼作家，艾蕪的寫作頗具特色。他的作品反映底層民眾的苦難與反抗，與典範的左翼文學作品有同樣的社會關懷。同時，他也向現代文壇貢獻了異國風光和原始的人生樣式，筆下洋溢著浪漫主義的情調，因而又被認為是左翼作家中的特行獨立者。其實，艾蕪小說的底層民眾並非一般農村社會裏的受壓迫者和反抗者，他所寫的異域風光也與許地山一些小說的東南亞生活有別。艾蕪小說風格的特異性正源於底層人物與異國風光構成的江湖世界。江湖社會之傳奇性，與一群被甩出正常社會的邊緣人相遇，演出人生的悲喜劇，也成就艾蕪作品的傳奇。

一、奇遇中的真實與理想：進入江湖、刻寫江湖的契機

　　艾蕪深受魯迅影響，有強烈時代參與意識，寫作的目的性明確。在與沙汀一起向魯迅求教時，艾蕪明確表示：「我們決定在這一個時代裏，把我們的精力放在有意義的文藝上」〔註1〕在《南行記》創作之前，艾蕪便有極為清晰的寫作方向，不僅僅要記錄、反映時代中的下層人物的真實，更要產生明確意義與貢獻，以此與時代對話，甚至推動時代的前行。

　　六年南行的獨特經歷，進一步提升了艾蕪對其所在時代，特別是「下層人物」的瞭解。艾蕪試圖從中提煉出真實，並使其導向革命理想。

　　離家流浪，身無分文。艾蕪在昆明做過雜役、在緬甸做過馬店夥計，在東南亞地區漂泊流浪時與底層勞動者長期相處，甚至在緬甸仰光病倒街頭。親身

〔註1〕魯迅：《關於小說題材的通信》，《魯迅全集》第 4 卷，人民文學出版社 2005
　　年版，第 375 頁。

參與、真實體驗，讓艾蕪對底層生活有深入的觀察和透徹的共情，在作品中，對底層生活和底層人物的刻寫都因此更為鮮活。只是這種對真實的體認，也讓艾蕪陷入困境，他發現，這種底層人民飽滿的生命力中迸發出強烈的求生的欲望，底層人民的根本訴求是過好日子，這一切都與革命理想強烈地契合。然而偏遠與底層使得艾蕪的書寫對象習慣了苦難與貧窮，他們的江湖氣與生命力由險惡的自然環境造就，也導向與窮山惡水的搏鬥。於是，這些底層的反抗，似乎不帶有明晰的革命性，即使有政治與階級的反抗，也非常朦朧。

這使艾蕪產生疑問，「專就其熟悉的下層人物——在現時代大潮流衝擊圈外的下層人物，把那些在生活重壓下強烈求生的欲望的朦朧反抗的衝動，刻畫在創作裏面。——不知道這樣內容的作品，究竟對現時代，有沒有配說得上有貢獻的意義？」〔註2〕知識分子與流浪者的雙重身份，使得艾蕪具有審視與共情的雙重視角。作為厭倦了舊式教育和包辦婚姻的知識分子，艾蕪的理想，是推翻舊制度，走向大革命；作為飽嘗遠離政治浪潮邊遠地區生活困苦的流浪者，艾蕪又明確地感受到，引導這些下層人物顛覆規則的，不是某種明確的政治立場和階級體認，而是強烈的求生欲望。那麼，這種刻畫，對於時代是否還有價值？

魯迅的回覆，幫助艾蕪進一步釐清了創作方向。魯迅首先意識到艾蕪困惑的生成機制：艾蕪並非完全意義上的無產者——知識與教育使其視角和思想有了更多凝視的意味，而非自然噴薄生發的無產階級革命熱情，這使得艾蕪的理想目標與無產者的原始衝動高度契合，卻不完全匹配。但這種強烈的生存欲望充滿生命力，這種朦朧的抗爭精神同樣值得承認，並且可以引導。於是，魯迅明確答覆艾蕪，表現無產者的創作，對現代和將來都還是有價值的。〔註3〕具體解析後，魯迅建議，「取其有意義之點，指示出來，使那意義

〔註2〕 魯迅：《關於小說題材的通信》，《魯迅全集》第 4 卷，人民文學出版社 2005 年版，第 375 頁。

〔註3〕 「如果是戰鬥的無產者，只要所寫的是可以成為藝術品的東西，那就無論他所描寫的是什麼事情，所使用的是什麼材料，對於現代以及將來一定是有貢獻的意義的。為什麼呢？因為作者本身便是一個戰鬥者。」「但兩位都並非那一階級，所以當動筆之先，就發生了來信所說似的疑問。我想，這對於目前的時代，還是有意義的，然而假使永是這樣的脾氣，卻是不妥當的。」「生活狀態，當隨時代而變更，後來的作者，也許不及看見，隨時記載下來，至少也可以作這一時代的記錄。」（見魯迅的《關於小說題材的通信》，《魯迅全集》第 4 卷，人民文學出版社 2005 年版，第 376～377 頁。）

格外分明，擴大，那是正確的批評家的任務。……兩位是可以各就自己現在能寫的題材，動手來寫的。不過選材要嚴，開掘要深……克服自己的生活和意識，看見新路」，並作出總結：「現在能寫什麼，就寫什麼，不必趨時，自然更不必硬造一個突變式的革命英雄，自稱『革命文學』；但也不可苟安於這一點，沒有改革，以致沉沒了自己——也就是消滅了對於時代的助力和貢獻。」〔註4〕魯迅所強調的，正是真實與理想的交織，在真實中凝煉理想實現之可能性的因素，並擴大其聲量。魯迅的回答不僅解決了艾蕪「寫什麼才有價值」和「怎麼寫」的困惑，也啟發艾蕪在自己熟悉的題材中找尋具有特異性價值的生存樣態。

這則 1930 年的通信，對艾蕪的創作影響深遠。《南行記》中，艾蕪刻畫現實，也凝練理想，構造江湖。著力真實刻畫底層民眾的真實生活樣態，在其中重點凝練具有鼓舞性的強烈求生欲望，將其作為不竭的生命力之源。艾蕪所構造的江湖，與創作的雙重目的相對應，是真實的求生欲、生命力與理想狀態的顛覆性、革命性相交織的。

在時代中對底層的關懷與六年滇緬邊境的流浪交匯，底層流浪者的真切感知與有識之士渴望革命的理想碰撞，構成艾蕪《南行記》的寫作契機。而真實的體驗與明晰的引導目的結合的寫作目標，也使艾蕪有意識地在刻寫底層時強調底層平凡、苦難生活中的江湖情懷與浪漫精神。

二、無奈中的秩序與反秩序：矛盾的江湖形態

艾蕪描繪的江湖世界，是對市民生活、都市生活的反叛，這種反叛最終將指向對傳統秩序的顛覆。作為自覺的左翼作家，艾蕪嘗試提煉這種源自求生欲望的自然反叛本性，進而將其作為某種自然的革命性元素。

《南行記》中，艾蕪展現自己的奇遇，從真實性極強的故事中提煉與革命理想相關的因素。其創作更多在找尋江湖世界的生命力來源，並還原江湖世界中充滿生命力與對現制度顛覆性的自然秩序。

艾蕪嘗試對自然形成的江湖世界的形態進行還原、展現。江湖的秩序在摩擦碰撞中約定俗成，又千頭萬緒，不僅在內容上包含了對傳統秩序的背反，也在形式上產生了對秩序本身的叛逆，邊構建、邊消解的矛盾性使之充滿生

〔註4〕 魯迅：《關於小說題材的通信》，《魯迅全集》第 4 卷，人民文學出版社 2005 年版，第 377～378 頁。

命力與可能性。艾蕪洞察這種矛盾，也展示這種矛盾，不加褒貶，對這種矛盾中經由江湖中人的淳樸維繫的動態平衡，善意地觀察與記錄。

江湖世界由下層苦難人民自發生成，與廟堂的規則形成對立。江湖中幾乎都是最底層的人，為生命的延續百折不撓地蠻橫生長，盡己所能生活。共同的生存境遇與生命訴求使江湖中人潛移默化形成共同的規則，邊遠的環境使這規則相對獨立，艾蕪筆下的西南江湖也因此沒有那些由金錢與等級架構起的繁文縟節和瑣碎規矩；但這江湖世界又不同於傳統文人幽居山林的田園牧歌，並不指向孤寂的修隱，而是指向生命讚歌的多聲部合唱，每個江湖中人在其中舒展成不同的生命形態，有落魄文人就有活力少女，有斤斤計較的小販也有偷盜之人，生命的樣貌千姿百態，在努力生活的共性之上每一個個人的形象都是如此鮮活，因而這江湖世界又無比豐盛、熱烈。

蠻橫、豐盛與熱烈，構成了艾蕪江湖世界不同於廟堂之刻板、亦不同於隱居之孤寂的飄逸，是對傳統、僵澀、壓抑秩序的背反，也是新的秩序與生命形態的構建。外在，是逐漸脫離社會秩序的自由奔逸；內在，是逐漸不屑為金錢蠅營狗苟的自由舒展：由內而外的飄逸，是艾蕪江湖世界的入門條件。因而從精神內核上講，艾蕪的江湖世界的範圍可以無限大，甚至無法具體劃定其疆界，不拘泥於江湖之遠，每一個對陳腐世界有所厭倦的人內在都對這江湖世界有所向往，每一個對沉悶世界感到不屑的人都在精神世界裏與這江湖同頻共振。江湖從西南邊陲的莽莽山林擴展到無限大，以江湖人為核心，有這樣飄逸感的人的地方，就有艾蕪所言喻的江湖，《南行記》描繪的是西南邊陲，刻畫的是時代中無數窮苦人的生活樣貌與宗法禮數規則尚未成立之時底層民眾的精神原鄉。

以小見大的刻畫，鞭闢入裏的闡發，來自於艾蕪對於底層生活共性的敏銳洞察與對底層民眾心態的深度體認。對底層生活的貼近與深入，讓艾蕪的邊陲書寫與傳統文人的山水田園詩相區分。艾蕪所書寫的邊陲不是遙遠的山水風光，邊陲人的生活不是一廂情願的田園牧歌，在邊陲生活的心情狀態並非怡然放曠，艾蕪描繪險峻的風景、困難的生活、有掙扎但表現爽朗的底層人，探尋底層人民在時代的動盪與生存的壓抑中，如何生存、以何種姿態生活。人、人的性格、人的生命力，這些最為質樸率真也具有最旺盛的感染力的生命底色，是艾蕪筆下江湖生命力的源泉。

《南行記》中，諸多篇目共同構築這種江湖特色，其中較為突出的是《山

峽中》。通過被逼無奈、初入江湖的「我」與在江湖世界中土生土長、遊刃有餘的野貓子的對比，集中體現了江湖的形態和江湖人的性格，進而描繪出江湖中的秩序與反秩序因素。

「我」被都市生活流放，初入江湖世界，帶著都市生活的習氣與行事邏輯，對參與這夥強盜的偷竊充滿猶疑，抗拒其中與都市生活規範善惡相悖逆的成分，但為了糊口不得不與之同流合污。「我」一直思考著叛逃，卻由於獨自生活的巨大壓力猶豫不決。直到「我」獨處山洞中，野貓子甚至覺察到「我」叛逃的意願，留下兩枚銀元，以都市社會的金錢規則搭建橋樑，引不慎闖入江湖生活的異鄉人回歸。《山峽中》勾勒出江湖世界充滿野性、善惡交織、力量至上的獨特秩序，與都市世界成為體系的制度相對立。

《南行記》展現這種迴異，又試圖還原進入江湖中人的境遇、展現進入江湖人的心態，進而解答一個內在疑問：進入江湖是一種選擇，還是一種無奈？

在艾蕪的還原中，進入江湖是一種無可奈何的選擇。江湖新人厭倦原有生活秩序而選擇逃離，卻未必真正認可江湖充滿矛盾衝突的秩序與善惡交織的安身立命模式；江湖中人早已遊刃有餘在搖擺的規則與亦正亦邪的模式穿梭，卻對規範、平凡的生活仍保有希冀。

正如《人生哲學的一課》中所寫，進入江湖不僅是自主對原有生活秩序的叛逆，也是原有社會形態對「我」的傷害與拋棄。如果不是形勢所迫，如果不是在生活中舉步維艱，難以安身立命，又怎會選擇落草為寇？如果「我」可以選擇，又何以在自己百般抗拒的情境之下，依然迫於生活考量選擇與自己所不齒的江湖匪幫共進退呢？江湖，是別無選擇的歸處，是暫時的棲息之地。

同時，江湖也不是江湖中人的確然選擇。野貓子拿出的兩個銅板，也是自己與原有都市世界的最後聯繫，同時也展現出她內心深處，對於回歸秩序的都市世界的渴望、在平凡世界中再度安身立命的希冀。

這正體現了江湖中人的複雜心態。一方面，江湖中人對傳統社會中的規則保持不屑乃至拒斥；另一方面，江湖中人又對安穩、平凡、規範的生活有所留戀。這種複雜又矛盾，甚至令人捉摸不定的心態，正與對複雜、矛盾、不言自明卻無法說明的江湖規則同構，這樣的心態由江湖塑造，也最適配於江湖。

江湖人有江湖人的矛盾心態，也有江湖人的矛盾形象。對生於江湖、長於江湖、完完整整是個江湖人的野貓子的刻畫，正是對江湖的塑造、江湖規

則的反映。野貓子雖然是個實實在在打家劫舍的山匪，卻嬌憨可愛，——不是在現代規範化的文明社會中的野蠻入侵者，而是在蠻荒之中堅定不移地張揚生命、為生存而做出努力的底層人民。這樣的視角下，江湖人矛盾又可愛，在無能為力與自得其樂並存的矛盾掙扎中，迸發出生機與活力。

西南江湖的生命力，正來自於江湖人的生機與活力。通過對一個猶疑搖擺的初入江湖的人和一個土生土長的江湖人的刻寫，艾蕪復原了人們被動選擇進入江湖的路徑，嘗試融入江湖法則的心理；江湖中人的率性自由與野蠻殘酷也由此交織，廣闊江湖世界的秩序與反秩序矛盾，在不同人物身上得到了各自獨特的集中展現。

《南行記》所塑造的江湖，是艾蕪結合自己豐富漂泊人生經驗刻寫的充滿真實性的生存樣態集合，更是艾蕪在「七俠五義」等傳統通俗文學造就的江湖文化影響下對江湖世界的理想構想。這江湖不僅有險惡的環境、窮困的生活、苦難的人民，也有壯美的風光、灑脫快意的故事、充滿生命熱情的人物：充滿矛盾，也充滿生命力，是在連天戰火中依然蘊藏著無盡生機與可能的理想世界。

三、苦難中的樂觀與浪漫：永不消逝的江湖生命力

《南行記》寫壯闊豪邁的自然風光，寫快意恩仇的生活故事，寫剛毅粗礪的平凡人物，構建出中緬交界質樸自然，粗礪莽蕩、生機勃勃、野性與道義並存的江湖。這江湖仍舊險惡貧窮，甚至秩序不統一，以致無法規避秩序世界中的傷害，但畢竟是對傳統秩序的顛覆，使個人從壓抑中被解放，得到了極致的生命舒展。而江湖亙古長存，充滿魅力，正因為在苦難中的樂觀與浪漫，迸發出永不消逝的生命力。

江湖的風物構築了苦難的背景。《南行記》常常以景物描寫開篇，寥寥數筆精練勾勒出西南部遠離都市、略帶原始的鄉村的風貌，營造質樸自然又略帶荒涼的氣氛，以此塑造莽莽原始感中為生命掙扎又不乏自由奔逸的有韌性的江湖兒女，這些人物形象也與奔湧不息的江流和層巒疊嶂的景色氣質相合。

江湖風物營造了江湖氛圍，暗示苦難，象征蠻橫的生命力，是《南行記》江湖世界中不可或缺、至關重要的一部分。

其中最具代表性的是江流。一方面，《南行記》中的江流強化了現實性，故事發生在西南地區，險峭的山峰與湍急的河流是其固有背景，對江流的書

寫增強了全文的真實感；另一方面，《南行記》中的江流具有抒情性和象徵性，展現了江湖世界的無盡奔湧的生命力。

具體篇目中，江流與人物也產生了互動關係，構建與推動情節。江湖風物與江湖中人相交織融合，在碰撞中爆發出生命的韌性，在苦難中激發出樂觀。

以《山峽中》為例，「江上橫著鐵鍊做成的索橋，巨蟒似的，現出頑強古怪的樣子，終於漸漸吞蝕在夜色中了。」「橋上兇惡的江水，在黑暗中奔騰著，咆哮著，發怒地沖打崖石，激起嚇人的巨響。」「橋頭的神祠，破敗而荒涼的，顯然已給人類忘記了，遺棄了，孤零零地躺著，只有山峰、江流送著它的餘年。」滔滔大江上孤懸著的鐵索橋強化了孤寂感蕭條感，野性、自然、質樸又險惡，在其中發生小黑子被拋入大江的情節也就更順理成章。「原先就是怒吼著的江濤，卻並沒有因此激起一點另外的聲息，只是一霎時在落下處，跳起了丈多高亮晶晶的水珠，然而也就馬上消滅了。」〔註5〕這種原始的質樸，有「天地不仁，以萬物為芻狗」的邏輯底色，真實、殘酷、嚴峻的生活畫卷就以江流為背景，永不止息地流轉展開。克服嚴峻的生存考驗，甚至在其中吟唱，正是江湖中人旺盛生命力與極致樂觀的體現，彰顯著人生命的頑強與無盡的可能。江湖人善惡交織中野蠻的生命力在此尤為凸顯。

江湖由人組成，江湖中人與江湖具有同樣的特色。《南行記》中處處浸透著蠻橫的生命力，江流是真實背景也是隱喻意象。

1978 年 6 月 19 日，艾蕪在《〈南行記〉重印題記》中明確寫道：

　　我說，逝水就好，它是流著的，這象徵了生命的活躍。我更喜歡另一個古人說的話：流水不腐。人應該像條河一樣，流著，流著，不住地向前流著。

　　人也的確像條河一樣，兩岸隨時都有污穢的東西，投了進去，那就是謠言、污蔑、詆毀和咒罵。人不能避免它們，就猶如河不能避免投去的髒東西一樣，只有不斷地向前流去，那些無法避免的穢物，便自然沖了開去。留著的喝水，從來不會跟穢物弄髒的。倘若停滯不流，變成一灣死水，那就會自行發出難聞的氣味，更用不著，再有稀髒的東西，從旁投進去了。

　　……

　　歲序更新了，得更加努力地前進著，工作著，河一樣地流著。

〔註5〕艾蕪：《山峽中》，《南行記》，人民文學出版社 1980 年版，第 33 頁。

......

　　河不吸收各種各樣的流水，河會枯竭，失掉河的生命的。這在人也是一樣，他得把先驅者的言語和行為，以及一切人值得學習的地方，都儘量地拿來充實自己，豐富自己，使自己的生命顯得更加新鮮、活潑、洋溢著生氣！

　　河是喜歡走著不平的道路的。

......

　　人也得像河一樣，歌著，唱著，笑著，快樂著，勇敢地走在這條坎坷不平充滿荊棘的路上。〔註6〕

　　艾蕪以江河為喻體，謳歌經歷苦難淬煉的生命韌性，由此提煉出自己心目中的璀璨的江湖。克服苦難，永遠鮮活，永遠奮進，永遠昂揚，蕩滌污穢，保持澄澈，不斷吸收與充實，踏平生命中的坎坷，一路高歌。

　　《南行記》寫的是不低微、不俯就，在苦難中抬頭挺胸、昂揚生活著的底層人物。這些底層人物沒有因生活磨礪而謹小慎微，更沒有因蠅營狗苟而滿身市井氣，恰恰相反，這些人物仍舊有質樸自然的精神底色，在底層人民與惡劣的生存環境進行鬥爭時，質樸自然、快意恩仇、剛毅粗礪，具有自由灑脫的江湖氣。都市生活中的底層人為了生存與生活往往斤斤計較、蠅營狗苟乃至忍氣吞聲，但江湖人有江湖人的氣質，自由放曠。這種快意灑脫，正是艾蕪筆下江湖中人來自現實又超越現實的理想主義之處，足夠樂觀，振奮人心。

　　艾蕪「筆下的人物常常發出與不平世界爭雄的熠熠光輝，流露出一種對自由的強烈渴望和對幸福的不息追求。」〔註7〕《人生哲學的一課》中的「我」在窮極潦倒之時不惜通過撒謊等方式來騙取信任與工作，卻在介紹工作的人說到做廚子需要半夜起來服侍老爺太太的需求時毫不猶豫地拒絕，甚至怒罵。這正是對人性不受扭曲社會與金錢閹割的率性展示，是剛毅樂觀的對人性的謳歌與提振。

　　這種快意以真正的平等自由為底色，正是五四時期的精神追求，「正是現

〔註6〕艾蕪：《〈南行記〉重印題記》，《南行記》，人民文學出版社1980年版，第1~3頁。

〔註7〕肖智成：《邊緣的漂泊與夢想——論〈南行記〉中的回歸自然意識》，《名作欣賞》2010年第17期，第102頁。

代作家永不言悔地承擔著漂泊追尋自我的天命，『五四』時代所創立的中國新文化才具有了進取、求索、永動不腐的精神品格。」〔註8〕這種快意是江湖氣也是復歸自然的人性解放，艾蕪以更江湖也更世俗的方式去表達，用底層人民的口吻做底層人民想做卻不能、卻不敢做的事，用具體生動的事例讓這種快意達到了頂峰。

　　正因如此，艾蕪的江湖更具代表性也更具理想性，表達了底層人民對於當時生活的厭倦與對於理想的平等自由舒展生活的嚮往。這種快意來源於現實又超脫於現實，極致理想主義。如果苦難無法避免，那麼無法脫離與克服這個時代的眾人，除了參與革命、拋頭顱灑熱血，有沒有可能還有一種相對舒展的生活模式？

　　為了解決這一問題，艾蕪構想了理想的江湖世界，浸潤著強烈的浪漫主義精神，試圖為底層人民搭建另一種無視外界喧囂、自然平靜生活的可能。這不僅僅需要搭建一個遠離廟堂因而不壓抑、遠離寂靜所以有真實煙火氣的江湖世界，更需要在江湖人心中培植面對生活的勇氣。《偷馬賊》中，偷馬賊老三在傷病中說出「既然做好人吃不飽，那就營造一個雄偉名聲」的行事邏輯，讓「我」感歎「在他身上升騰起了強烈的爭生存的快樂感情，是用不著任何人的憐憫的」〔註9〕。《快活的人》中，胡三爸在並不富足的生活裏仍然是個「頂快活的老傢伙」，正是樂觀給了江湖人無盡的生命力量。他們用樂觀與勇毅對抗苦難，進入自由的江湖世界，更給人生活的無盡希望。

　　「這群『野』人在社會的夾縫中冒險，去努力撬開一條生存之路，血淚的經歷讓他們信奉一種殘酷的生存邏輯。也正是這種野性的生活，讓他們充滿元氣的生命力得到擴張，讓他們在苦痛的人生中找到生存的快樂，暫時舒展一下自由的本性，展現出他們原始的無畏與驕傲。」〔註10〕

　　艾蕪寫江湖，實際上寫的是江湖中人的生命意志；艾蕪構築江湖世界，實際上是在探尋底層人民在無法克服的時代中相對平和生活的一種可能性。不呼天搶地，不憤世嫉俗，而是用生命原始野性與頑強，粗礪、蠻橫、快意生存，是人性終極頑強在嚴峻險境中的極致迸發。

〔註8〕譚桂林：《論中國現代文學的漂泊母題》，《中國社會科學》1998年第2期，第161頁。

〔註9〕艾蕪：《快活的人》，《南行記》，人民文學出版社1980年版，第133頁。

〔註10〕肖智成：《邊緣的漂泊與夢想——論〈南行記〉中的回歸自然意識》，《名作欣賞》2010年第17期，第102頁。

　　艾蕪筆下的底層人民在困苦的生活中不屈不撓，頑強生活，這種書寫兼具表達性、歸納性與超越性。一方面是在為普通民眾發聲，是底層人民在困難困厄的生活中生命力的怒吼與噴薄；另一方面也是對底層民眾瑣碎生活中表現出的高貴人性的歸納，質樸原始的生命力再次迸發出無窮的生命光輝，鑄就了奔湧不息滾滾向前不斷繁衍壯大的普通民眾在艱難困苦時刻生活的日常；更重要的是其中的超越性，將這些碎金般的閃光精神品質歸納提煉，自由、快意、灑脫、有原則，實際表達了民眾的生活訴求——更美好，更自由的生活。

　　這種表達性、歸納性與超越性，造就了《南行記》的革命現實主義，具有無與倫比的感召性。

　　《南行記》中的江湖情懷與浪漫氣質既是對現實生活中人物性格的歸納提煉，也是對底層民眾生活方式的超越，實際上表達了萬千普通民眾面對生活苦辛時渴望超越苦辛，自由灑脫，駕馭生活的理想追求。艾蕪在自己豐沛的人生經驗中觀察到底層人民眾苦難中的真誠、勇毅與樂觀，並將其提煉為江湖的快意灑脫，粗礦豪邁，傳達出永不凋敝的樂觀主義精神，傳遞出的江湖情懷與浪漫氣質跨越時代，振奮人心，給人生活的勇氣和信念，這也正是艾蕪所理解、所追求的價值與意義。〔註11〕

載《重慶評論》2020 年第 2 期。

〔註11〕本文為張靜雅所撰。

「歪人」與艾蕪的《南行記》

　　艾蕪以《南行記》聞名，有「左翼新人」之稱。學術界也瞭解，他青少年時期的南下流浪經歷，對於他走上左翼文學道路具有十分重要的意義。不過問題是，一般說到艾蕪少年經歷對創作的影響都比較籠統，論及他的南行流浪也多是說到傳奇性。本文認為，少年時期的艾蕪，已經受到當地方言所稱「歪人」的影響，「歪人」對於理解艾蕪非常重要。「歪人」的人格相當程度上是決定艾蕪南行的重要因素，這種人格又引導他走上了文學創作的道路，並對其小說的取材和審美等方面發揮了重要作用。總之，艾蕪就是一個「歪人」，要瞭解艾蕪，瞭解艾蕪的《南行記》，不得不從「歪人」說起。

一、「歪人」？

　　「歪人」，在以往的研究中鮮有涉及。但在艾蕪的文學世界裏，這是一個非常重要的角色。「歪人」與「歪」既被用於相互評價，也用於自我評價。艾蕪憶及遠房三爸，覺得他像和武松等俠義人士一起喝過酒似的「大聲武氣」，會擺弄從諸多藏書得來的知識，「只腰杆上插把黃牛皮鞘子刀，在鄉里充歪人，雖然不會飛簷走壁，但也自視不凡，有著幾分俠客的神氣」〔註1〕，把這位三爸評價成是一位頗有氣勢的「歪人」。艾蕪南行流浪時，遇到了一位從小就過著悲慘生活的傷兵，他卻仍舊想回到軍隊上前線，艾蕪對其不解，這位傷兵神氣地說：「我總可以當幾天歪人嘛！」〔註2〕這裡的「歪人」，就是自我評價。除此之外，「歪得很」的無二爺、打趣向偷馬賊學習「歪幾天」的老何，「歪得

〔註1〕　《艾蕪全集》第11卷，四川文藝出版社2014年版，第61頁。
〔註2〕　《艾蕪全集》第11卷，四川文藝出版社2014年版，第305頁。

很」的隊長尹達等，在《南行記》裏「歪人」詞眼頻頻出現。由此可見，「歪人」在艾蕪的眼中有著相當重要的地位，對他的人生理解有著重要影響。

「歪人」的具體內涵是什麼呢？「歪人」在艾蕪所處的四川乃至整個西南地區文化環境中有著特定的所指，並不是字面意思上帶有貶義的「不正之人」的意思。艾蕪對其的解釋是：「歪人」是西南地區方言裏的一個詞，它的表面意思是指強硬不怕事的人，具體地說，「歪人」指稱一類人的性格，他們不僅是強硬不怕事的，還包含了反抗、執拗、樂觀等積極因素。以自稱「歪人」的雲南傷兵為例，他從小過著悲慘的生活，即使是在戰場受了傷，變成了不受人待見的服務員，他在重述他經歷的時候都沒有絲毫的悲觀，反倒愉快地暢想身體完全好了以後的打算。這便是「歪人」性格裏積極樂觀的一面：雖然是經歷了戰敗，從廣西逃回來被貧窮和飢餓所困，不得不在「懶狗」、「死屍」的打罵聲中替人服務，他仍想要扛槍上前線，並神氣地說出想要當幾天「歪人」。艾蕪說他「有一顆不甘奴服」的心〔註3〕，體現了「歪人」性格中不甘心受人壓迫，執拗反抗的一面。總的來說，「歪人」的性格包含了強硬、反抗、執拗與樂觀等多方面的特質。

「歪人」性格總是在與周圍環境的緊張對峙中體現出來。就艾蕪的幼時環境來說，對他影響最大的是他原生家庭稍顯凝重的生活。祖父飽讀「四書五經」，卻一直未中舉，只好一邊在鄉里教書，一邊務農，生活相當清貧。家境的困窘讓祖父嚴厲起來，夜晚總要吩咐人早點兒睡覺，或是要將燈火撥小一點，將燈芯由兩根減為一根。父親向祖父要錢時，不給，還被罵哭。囊中羞澀，讓艾蕪經常只能放棄自己想要的東西。艾蕪說：「我彷彿從來沒有聽見過他大聲笑過，也很少看見他微笑的臉色……人人在他的面前……自然小心謹慎起來」〔註4〕。幼小的艾蕪在祖父威嚴的眼光下，不敢和其他孩子一樣唱兒歌、吹口哨，也不敢嘻嘻哈哈和活潑地亂蹦亂跳。

如果說祖父的嚴厲催生了艾蕪「歪人」性格的萌芽，那麼艾蕪的祖母等人的影響促成了他「歪人」性格的形成。在《我的幼年時代》中，艾蕪記下了祖母所講的那些故事，到長大成年他仍舊說「最使我不能忘記」〔註5〕。祖母講了《安安送米》、《魏小兒西天問活佛》等西南地方的傳奇。這些故事裏最

〔註3〕《艾蕪全集》第11卷，四川文藝出版社2014年版，第305頁。
〔註4〕《艾蕪全集》第11卷，四川文藝出版社2014年版，第15頁。
〔註5〕《艾蕪全集》第11卷，四川文藝出版社2014年版，第23頁。

出彩的莫過於許多主人公都是小孩與婦女，但在生活裏實際上已成為強大的「歪人」了。他們執拗，不怕事，敢於強硬地反抗。在《安安送米》中，安安的媽媽被惡婆婆趕出家門，到寺廟成了尼姑，安安的爸爸屈服於壓力，只有安安反抗，存米送給媽媽，並發狠讀書，最終接回了媽媽。安安面對強大的壓力——奶奶惡毒，他只是一個小孩，連父親都不幫他，可是他敢於反抗，最終掌握了自己的命運。這樣小「歪人」的故事，無異於給了艾蕪幼小心靈巨大的慰藉和鼓舞。每次聽完都覺得「彷彿壓在肩頭的重東西，突然卸去了的一樣」。西南傳奇，表達了當地人對「歪人」性格的偏愛，也深刻地影響了艾蕪幼小的心靈。除此之外，對艾蕪「歪人」性格形成影響很深的還有文學閱讀：「我聽祖母擺龍門陣，多半是小孩子的。講到一些大人……則當以父親講的三國故事為第一次。」〔註6〕這些書吸引艾蕪的，又是與西南故事中一樣的「歪人」事蹟。例如艾蕪從小就十分喜愛《今古奇觀》，其中講到一位蔡小姐父母被強盜所害，自己也遭到強姦，但她忍辱負重將強盜殺了，給父母報了仇，然後自刎。艾蕪說這個故事最使他不能忘記，他不能忘記的是蔡小姐行為背後那強硬的「歪人」性格。艾蕪還特別喜歡力能扛鼎、飛簷走壁的奇人俠客，這讓他在家庭壓抑中以「歪人」的視角看到生活的另一面：自家騾子丟了，祖父現出絕望的臉色，祖母悲感地希望騾子死後能轉世為人，艾蕪卻希望「騾子仍舊能長得又高又大……長大了，騎著它，帶著刀，走到世界上去。」〔註7〕可見，「歪人」已經住進了艾蕪的心裏。

二、「歪人」的南行

迄今為止，一般都把艾蕪的南行看作是一個偶然事件。實際上，「歪人」性格在深層次上影響了他的南行流浪。艾蕪南行，一個直接原因是逃婚。他厭惡被父母安排的封建婚姻，選擇離家出走。當時的中國，政治與文化以北京和上海為中心，艾蕪為何在此時選擇向南，去落後且艱苦之地？看似有些講究，因為家庭支撐不了他去北京考取京師大學堂，而去法國勤工儉學也不再可能，因此他才想出一個辦法，即到南洋群島去找半工半讀的機會。南下雲南再到緬甸、新加坡，可以節省路費，天氣暖和又能節省衣褲費用。其實，在這些經濟原因的背後，還是他的「歪人」性格。艾蕪對未知世界的嚮往，對

〔註6〕《艾蕪全集》第11卷，四川文藝出版社2014年版，第38頁。
〔註7〕《艾蕪全集》第11卷，四川文藝出版社2014年版，第156頁。

流浪的衝動可以回溯到很早時候，在他「歪人」性格形成的過程中就已經孕育了南行流浪的種子。祖母曾向艾蕪講過《魏小兒西天問活佛》的故事，故事裏魏小兒不甘心自己的處境，也不管西天有多少路程，選擇了獨自一人西行，他最終實現了自己的願望。艾蕪驚訝於魏小兒式「歪人」的大膽與執拗，他們能在小小的年紀僅憑自己弱小的身軀，踏上冒險的道路。這樣的故事給艾蕪留下了深刻的印象：「魏小兒曾經那麼小就敢一個人走到西天去，為啥子我不可以去呢」〔註8〕。還有「豐富精力和強烈追求心」的毛道人，同樣給他留下了流浪的執念。對於艾蕪而言，流浪不僅是對舊式婚姻的反抗，更是體內一直蘊藏的「歪人」精神的表達。滇緬的高山密林提供了一個類似「歪人」所樂於馳騁的場所，艱苦環境的挑戰正好激發了欲與天公試比高的「歪人」潛能。

人生充滿了變數。艾蕪牢記蔡元培的「勞工神聖」，簡直「金光燦爛地印在我的腦裏」〔註9〕，但嚴峻的現實卻猝不及防給艾蕪以沉重的打擊。相較於天府之國的成都平原，滇緬邊境是深山老林。對於一個流浪者來說，困難超出預期。在昆明，艾蕪沒有認識的人，流落街頭，為生活缺乏保障而感到恐慌，所以他說：「我只是一個被飢餓趕在街頭流浪的年輕人，要找尋工作，猶如沉在水裏的人，想抓拿救生圈一樣」〔註10〕，以至於他在昆明紅十字會找到工作時，卑微地說：「我只要工作，我不要錢。」〔註11〕在《人生哲學的一課》中，「我」在昆明遭遇了「殘酷的異鄉的秋天」，貧窮的他艱難謀生，找工作卻一波三折，經歷了「賣草鞋碰了壁」、「拉黃包車也不成」、「鞋子又給人偷去了」的種種挫折。然而生活的重壓反倒讓艾蕪使出了「歪人」性子，當周圍人質疑離家過苦日子的合理性時，他卻篤定：「人不應該安於他的環境而是要去征服他的環境，外界無論什麼東西都不能嚇退他……敢於拋掉了我一切的所有，赤裸裸地走到世界上來，和世界作殊死的搏鬥」〔註12〕。當寒假義務教書受挫，在紅十字會呆著感到困窘時，他想到出川時「歪人」的想頭：「安得舉雙翼，激昂舞太空。蜀山無奇處，吾去乘長風」〔註13〕。於是，他

〔註8〕《艾蕪全集》第11卷，四川文藝出版社2014年版，第32頁。
〔註9〕《艾蕪全集》第11卷，四川文藝出版社2014年版，第267頁。
〔註10〕《艾蕪全集》第11卷，四川文藝出版社2014年版，第270頁。
〔註11〕《艾蕪全集》第11卷，四川文藝出版社2014年版，第279頁。
〔註12〕《艾蕪全集》第11卷，四川文藝出版社2014年版，第281頁。
〔註13〕《艾蕪全集》第11卷，四川文藝出版社2014年版，第339頁。

重新堅定要南行的決心，「要把牢籠的痛苦和恥辱全行忘掉，必須飛到更廣闊更遙遠的天空」〔註14〕。「歪人」的性格，使艾蕪經受住了現實的挑戰。

正是在南行中，「歪人」性格與「左翼」精神發生了共鳴。流浪初始，艾蕪只是個試圖反抗命運的青年，隨著南行的深入，他走向了底層，成為了大眾的「歪人」。他打雜，做過店小二，接觸到了底層人民最真實的生活，情感上與底層人民相通，發現他們和他這個「歪人」處境十分相似。這使艾蕪由個人轉向大眾，「歪人」的身上就出現了「左翼」知識分子的色彩。在《流浪人》中唱戲母女被軍閥掠去，艾蕪借矮漢子之口表達了對無良官兵的譴責與咒罵。《洋官與雞》裏，外國殖民者欺壓底層人民，但「歪人」老闆娘卻從不把「洋大人」放在眼裏，艾蕪借老闆娘之口表達了對殖民者的不屑與反抗，當艾蕪走出密林到達仰光時，他鼓起勇氣，冒著危險加入了革命組織。就是南行中在底層生活經歷所打下的基礎，使艾蕪回到中國後迅速加入了「左聯」，成為一名有戰鬥力的左翼作家，開始集中書寫底層「歪人」的反抗與鬥爭。

三、「歪人」與《南行記》的取材

南行流浪提供了豐厚的創作素材，「歪人」性格又影響了艾蕪文學創作的精神取向，形成了他在選材上的獨特偏好。

第一，書寫流浪漢的故事。艾蕪逃離家庭隻身一人到雲南，艾蕪飽嘗了世界上的窮人所受的飢餓〔註15〕，活下來成了他首要目標，同時傳奇的邊地風土又給他巨大的震撼，因此作為「歪人」的艾蕪保持著高亢的個體情緒，所經歷的一切都成了難忘的記憶。當他回到國內開始寫作時，傳奇的經歷就成了不可多得的文學素材。荒山野地的那個「歪人」，順理成章地成為他所關注的焦點，艾蕪回憶時說：「並不是平平靜靜著手描寫，而是儘量發抒我的愛和恨，痛苦和悲憤。」〔註16〕他幾乎全用第一人稱「我」進行敘述，感情充沛地描繪在南行中穿山越嶺、與走私販子為友與村野匪盜為伴的傳奇故事，寫出了獨樹一幟的流浪漢文學。

第二，書寫蠻荒的傳奇故事。環境的轉變讓「歪人」艾蕪與自然的關係劍拔弩張。起初，艾蕪與自然的關係還不那麼緊張。初入昆明時，「淡黃的斜

〔註14〕《艾蕪全集》第 11 卷，四川文藝出版社 2014 年版，第 339 頁。
〔註15〕《艾蕪全集》第 11 卷，四川文藝出版社 2014 年版，第 267 頁。
〔註16〕《艾蕪全集》第 1 卷，四川文藝出版社 2014 年版，第 320 頁。

陽，伏在峰巒圍繞的平原裏，彷彿發著寂寞的微笑」〔註17〕，至多不過感覺是「殘酷的異鄉的秋天」〔註18〕罷了。隨著流浪向蠻荒的深入，自然在視野中所佔比重越來越大，小說的背景逐漸脫離社會，「我」置身於險惡的自然中，編排成「歪人」抵抗乃至戰勝蠻荒的故事。這類故事分為兩種，一種是「歪人」和自然的客觀環境作鬥爭。在《流浪人》裏，「歪人」要跋涉過「彎彎曲曲，又高低不平，很是難走」〔註19〕的山路，越過險峰，「飛在山峰頂上的岩鷹就像燕子那樣的小」〔註20〕。《我的旅伴》裏，「歪人」要面對雨季的瘴氣和一不小心就會喪命的大江大河。在「歪人」與自然鬥爭的故事中，他們不畏蠻荒之地的艱險，憑藉堅強的意志，以肉身克服環境的挑戰。另一種，「歪人」和蠻荒環境所帶來的心理壓力作鬥爭，如《荒山上》，古老松林「處處黑壓壓的，氣象十分蠻野」〔註21〕，原始的環境讓獨行其中的「我」不斷產生孤獨與恐懼的心理。又如《烏鴉之歌》：「山林裏突然起著可怕的呼嘯，狗也跟著陣陣凶叫起來……哪還受得住這麼一下突如其來的驚恐」〔註22〕，人在原始環境中，始終處於一個心理緊繃的狀態。然而「歪人」總能戰勝恐懼，從黑影斑駁的神秘環境之中窺看到明亮的景色。正因如此，艾蕪對「歪人」與自然鬥爭故事的書寫，讓當時的讀者耳目一新。

第三，書寫底層的經驗。艾蕪的創作貼近廣大的底層人民，對他來說這是描寫自己熟悉的題材，但同時這又恰好切合「左翼」文學的要求。在《人生哲學第一課》中，焦點在「我」的身上，之後，小說的視野就擴大了，重心向底層的人生樣式轉移，並且逐漸擴展到民族與國家。例如在《洋官與雞》《我詛咒你那麼一笑》中，「歪人」需要強硬面對的變成了洋老爺、官僚等人。這個轉變反映了中國人民反抗殖民者的歷史背景。

四、「歪人」與《南行記》的整體風格

「歪人」的文化傳承與艾蕪個人的流浪經歷使《南行記》別具一格，成為一部展現生命力的文學，一部期盼光明的文學，一部堅守人性的文學。

〔註17〕 《艾蕪全集》第1卷，四川文藝出版社2014年版，第10頁。
〔註18〕 《艾蕪全集》第1卷，四川文藝出版社2014年版，第10頁。
〔註19〕 《艾蕪全集》第1卷，四川文藝出版社2014年版，第43頁。
〔註20〕 《艾蕪全集》第1卷，四川文藝出版社2014年版，第43頁。
〔註21〕 《艾蕪全集》第1卷，四川文藝出版社2014年版，第62頁。
〔註22〕 《艾蕪全集》第1卷，四川文藝出版社2014年版，第70頁。

展現生命力的文學。「歪人」的性格讓艾蕪的作品充滿了對強壯生命力的讚頌，「歪人」不管高矮胖瘦相貌如何，他們都有一副能承載「歪人」精神的強健軀體。《流浪人》中的矮漢子個子不高，卻「短小精壯，小小的眼睛，現出鬼過場極多的神情」〔註23〕，與之對比的是算命先生「兩撇蝦米鬍子，黃黃的，尖尖的」柔弱體格和小夥子「瘦瘦的臉，說起話來，眼睛眉毛都在轉動」〔註24〕的瘦削模樣，身體的差異暗示了生命力的差異，因此當後來遇到不平之事時，只有矮漢子表現出了「歪人」氣概。《松嶺上》中，將老人年邁的當下與「牛那樣壯」的年輕時候作對比，突出了他「一手握著塗血的刀，一手提著滴著血的頭」〔註25〕的傳奇「歪人」事蹟，在年輕「歪人」與老人的生命力強弱對比之中，讓「我」覺得「同情和助力，是應該放在年輕的一代人身上」〔註26〕論，年輕人正是新一代「歪人」生命力最好的承載體。《山峽中》，受傷的小黑牛身體是污膩的，呻吟是無力的，同夥認為這樣的小黑牛生命力衰竭了是「不配活」的，只能接受沉江的命運。與之形成鮮明對比的是野貓子，她有著「油黑蛋臉」，靠近人時「黑暗、沉悶和憂鬱，都悄悄地躲去」，她動作「像風一樣驀地卷開」〔註27〕活像一隻野貓子，「奪去了刀，做出一個側面騎馬的姿勢，很結實地一揮，喳的一刀，便沒入樹身三四寸的光景，又毫不費力地拔了出來」〔註28〕。艾蕪通過小黑牛與野貓子的對比，表達了對「歪人」強壯生命力的推崇，他對「歪人」生命力的書寫，讓他的小說充滿了生命力，使他的作品風格獨樹一幟。

期盼光明的文學。「歪人」從黑暗環境中誕生，同時又反抗著黑暗和壓迫，這反映了「歪人」內心期盼光明的未來，正如艾蕪所言：「在有礁石阻擋的地方，河便躍起銀白璀璨的水花，歡樂地笑了起來……人也得像河一樣，歌著，唱著，笑著，歡樂著，勇敢地走在這條坎坷不平充滿荊棘的路上」〔註29〕。在小說中，艾蕪先表現底層人所受遭受的黑暗與壓迫，緊接著表現底層人追求光明，這種布局使他的小說能振奮人心，喚起讀者對光明的希望。具體而

〔註23〕《艾蕪全集》第 1 卷，四川文藝出版社 2014 年版，第 43 頁。
〔註24〕《艾蕪全集》第 1 卷，四川文藝出版社 2014 年版，第 44 頁。
〔註25〕《艾蕪全集》第 1 卷，四川文藝出版社 2014 年版，第 84 頁。
〔註26〕《艾蕪全集》第 1 卷，四川文藝出版社 2014 年版，第 87 頁。
〔註27〕《艾蕪全集》第 1 卷，四川文藝出版社 2014 年版，第 126 頁。
〔註28〕《艾蕪全集》第 1 卷，四川文藝出版社 2014 年版，第 132 頁。
〔註29〕《艾蕪全集》第 1 卷，四川文藝出版社 2014 年版，第 9 頁。

言有兩種表現方式，一種是運用前後冷暖明暗的環境對比來表現「歪人」在黑暗中心向光明，暗示人物對光明的追求。《流浪人》中，先是描寫山高路遠，世界「一片灰白淡黃，使人起著荒涼的感覺」，緊接著就描寫柔和亮麗之景，「一道細流通過，水浸濕的沙上，長著稠密的馬苜蓿，青翠嫩綠，便分外顯得可愛」〔註30〕，兩種景色形成了強烈的對比，而後者正是「歪人」在窮山惡水中期盼看到的光明之景。《山峽中》開篇的環境就是「橋下兇惡的降水，在黑暗中奔騰著，咆哮著，發怒地沖打崖石，激起嚇人的巨響」〔註31〕，山峰野蠻夏夜陰鬱寒冷，讓人覺得害怕，但緊接著環境就變成了「燒著一堆煮飯的野火」閃著「熊熊的紅光」的神祠，通過內外明暗世界的對比，表明野貓子等人相聚在一起的明亮神祠才是「歪人」們嚮往的光明與自由之所。另一種方式是，通過描寫「歪人」所遭遇的現實與將要採取的行動來展現「歪人」對光明未來的追求。《人生哲學的一課》中，雖然「我」遭受了一連串至暗時刻，但是「我」「深深地、痛切地覺著：這樣的世界，無論如何，須要弄來翻個身了」〔註32〕，即使屋漏偏逢連夜雨，「我」仍舊樂觀地期待「看見鮮明的太陽，晴美的秋空」〔註33〕。「歪人」性格影響下形成的對光明的期盼，成為了艾蕪文學創作的重要風格，使他的小說在各個時代都具有積極向上的激勵作用。

堅守人性的文學。「歪人」打動讀者的不僅是他們傳奇的故事和強硬的性格，還有在他們身上體現的人性之美，艾蕪在《文學的主要功用是什麼》中說「世人總以為強盜是壞人，該抓去殺掉或去永遠關在牢裏，但《水滸傳》卻替我們開闢了一條認識的新路：強盜原也是好人」〔註34〕。艾蕪筆下的三教九流之人，在傳統的道德審美標準裏面是惡的，會被抵制和批判，但在艾蕪的小說裏，外在的社會角色和道德標籤與「歪人」並無直接關聯，他把各種職業的「歪人」當做人平等對待，無論是在蠻荒的環境中還是複雜的社會裏，艾蕪都一貫堅持著發掘「歪人」身上難能可貴的人性之美。在《山峽中》，因為「我」要離開，野貓子已經對「我」起了殺心，但因為「我」在官兵面前保護了她，最後不僅放過了「我」還為「我」留下了錢，「看見躺在磚地上的灰

〔註30〕 《艾蕪全集》第1卷，四川文藝出版社2014年版，第43頁。
〔註31〕 《艾蕪全集》第1卷，四川文藝出版社2014年版，第121頁。
〔註32〕 《艾蕪全集》第1卷，四川文藝出版社2014年版，第21頁。
〔註33〕 《艾蕪全集》第1卷，四川文藝出版社2014年版，第22頁。
〔註34〕 《艾蕪全集》第14卷，四川文藝出版社2014年版，第11頁。

堆，灰堆旁邊的木人兒，與乎留在我書裏的三塊銀圓時，煙靄也似的遐思和悵惘，便在我岑寂的心上縷縷地升起來了」〔註35〕，打動「我」岑寂內心的就是野貓子等人表現出的溫情人性。又如在《流浪人》中，矮漢子在擺攤老頭那裡吃霸王餐溜走了，讓同行的「我」成了替罪羊，「我」卻在下一個小鎮碰到了專門等「我」的矮漢子，還給了「我」超出應還數目的錢。在「歪人」身上，艾蕪注意到了他們的道德存在缺陷，但艾蕪卻更加珍視他們自然表露的人性，平實的人性在黑暗蠻荒的環境裏得到了極大的表現。艾蕪的《南行記》等文學作品始終書寫著「歪人」的人性之美，這也造就了他的文學創作既能在左翼文學中獨樹一幟，又能在時間長河裏成為文學經典。〔註36〕

載《重慶評論》2020 年第 2 期。

〔註35〕《艾蕪全集》第 1 卷，四川文藝出版社 2014 年版，第 135 頁。
〔註36〕本文為牟同生所撰。

從救贖到飛昇：
蕭紅與左翼的契合與疏離

　　在文學史教材中，蕭紅被歸入左翼作家，通常與東北作家群放在一起介紹。左翼作家固然是蕭紅身上撕不去的標籤，而以此代表她的十年創作成就，則顯然是將蕭紅作品的豐富性大大地壓縮了。蕭紅與左翼文學有著耐人尋味的關係：她是左翼作家，又與一般意義上的左翼作家不同；她的後期創作往往受到左翼人士的詬病，這些作品卻在後世享有了極高的聲譽。回到歷史語境，我們能夠發現，在蕭紅短短十年的創作生涯中，有這樣一條明顯的軌跡：與左翼文學的契合與疏離。契合與疏離的交錯，反映出一位作家在大時代中的真實聲音。對於蕭紅而言，寫作不僅讓她完成了對自我的精神救贖，更讓她在人群中保持了獨立的姿態。寫作，讓她走向了時代，卻最終超越了時代。

一、寫作背後的人生選擇——契合的開始

　　天才的命運往往令人扼腕，蕭紅也不例外。一生多舛的蕭紅，其命運似乎在幼年就被埋下了伏筆。自小不受父母疼愛，小學畢業後差點被父親中止學業，兩度離家出走，一次為了去北師大女附中讀書，另一次則是為了逃婚，然而都沒有好下場，1932 的冬天，尚不滿 21 歲的孕婦蕭紅在東興順旅館裏幾乎走到了絕境，如沒有蕭軍、舒群的施手相救，一代天才作家可能就此夭折。這段充斥著遺棄之怨與棄子之痛的回憶顯然成了她日後作品中不斷重演的情節。窮困和窘迫從那時候起便牢牢地跟上了她。從中學生、張家小姐而一下淪為窮人，底層生活體驗成為蕭紅拿起筆時所能用到的第一手素材。她趕上了壞的時代，山河破碎，家門難回，戰火追逐著她的腳步一生也未曾停

歇。然而對於一個日後成名的作家而言，這何嘗不是人生的春天？左翼文學向走投無路的她敞開了大門，她找到了自己的方向。儘管，她為此付出了太多的代價。

1933 年，蕭紅寫出了她的處女作《王阿嫂的死》。這篇短短的小說裏，「階級」、「窮人」這樣的字眼出現了很多次。在《跋涉》集裏，貧富人生的鮮明對比，顯示著階級對立已經到了水火不容的地步。這本小冊子的出版為蕭紅的左翼化寫作生涯拉開了序幕。22 歲的蕭紅由一個涉世未深的學生變成了一個有著左翼立場的進步作家，是什麼促使蕭紅走向了左翼寫作？此時的蕭紅剛剛渡過人生的劫難與蕭軍開始了新的生活，兩人同文化界進步人士有著密切的交往。這群年輕人的力量不可小覷，後來被稱為「東北作家群」的他們，此時在「牽牛房」中開展畫會，組建劇團，創辦了代表進步文學的《夜哨》和《文藝》，配合著上海、北平等地的左翼文學思潮，在東北開闢了無產階級文藝陣地。1933 年的東北正是日軍肆虐、民不聊生之時，這群年輕作家的筆下不僅有底層訴求與階級對立，還滿含著殖民壓迫與愛國情懷，他們對於左翼思想的渴求比關內作家更甚。可以想像，蕭紅正是在這樣複雜的話語環境中，在一群熱情的青年人的帶動下，以寫作回應著新生活的要求。其中，以蕭軍對蕭紅的影響最為巨大。蕭軍剛毅、暴躁，「常以保護者自居」，蕭紅則敏感而弱小，幾乎是孩子般地依賴著他。這種依賴不僅體現在生活中。在創作上，初涉文學的蕭紅顯然也受到了蕭軍強烈的左翼話語傾向影響，《跋涉》即是在此期間寫就。

外部環境推著蕭紅向左翼靠攏，而更加值得注意的是蕭紅自己對於左翼思想的天然親近。蕭紅的一生似乎總圍繞著兩個關鍵詞：「逃」和「窮」。她一直在逃。逃離父權籠罩的家庭，逃離男權至上的愛人，逃離戰火，逃離痛苦……但是悲慘的命運一直尾隨著她，並給她帶來一次次的精神危機。無論是私奔、背叛還是喪子、失戀，蕭紅的逃離總令她陷入更加艱難的境地——自從她離開富裕的家庭，她的苦難便似乎沒有盡頭，更無解決之道。更由於她是個女人，苦難便格外多地落在她的身上。她的寫作最初只是對生活的反抗，然而孤寂的成長，加上身份的跌落與被迫離家的困窘，使性別苦難、底層體驗與階級矛盾相互糾纏著，包裹著她，於是這一切都不可避免地成為她寫作的主題。慘痛的記憶一再在她的文字裏出現，她仇視著父親身後的階級，《跋涉》集裏，兇殘的地主都與父親同姓「張」；她憤恨著深陷底層、身為女性的悲哀，

底層女性永遠是她筆下悲劇的主角。《商市街》詳盡地記錄了二蕭在哈爾濱的「飢餓」與「貧窮」。貧窮幾乎是二蕭哈爾濱苦難生活的所有根源。只有貧窮能讓人感受到繁華都市的冷漠，也只有貧窮才讓人察覺到俄國侍女和警察的歧視與懷疑。貧窮讓蕭紅在看到討飯的母子後生出「窮就不該有孩子，有也應該餓死」的悲憤〔註1〕，讓蕭紅發出「只有飢寒，沒有青春」的慨歎〔註2〕。貧窮讓蕭紅更加內向自卑，無論是與舊識交談，還是與新朋友聚會，飢餓與寂寞總不斷強化著她作為「窮人」的感受。現實的苦厄無從迴避，蕭紅便用她的筆為自己摸索出路。在《棄兒》中，芹的面前是哭著咳嗽的孩子，然而她扯著自己的頭髮，痛打著自己的膝蓋罵著自己：「真是個自私的東西，成千成萬的小孩在哭，怎麼就聽不見呢？成千成萬的小孩餓死了，怎麼看不見呢？」〔註3〕對1933年的蕭紅來說，失掉了家庭的依傍，失掉了對升學與婚姻的期冀，還有什麼可以依靠？與同志蕭軍在左翼思想的指引下共同開掘著廣闊的人生，這是她唯一的、正確的選擇。火熱的年代，孩子是累贅，兒女私情是不相宜的，蕭紅為芹安排了「丟掉一個小孩，是有多數小孩要獲救」的前路〔註4〕。這幾乎是一個明確的信號，事實上，她正是希望通過這種「向左轉」的創作來實現文學意義上的自我救贖。她的反抗意識，她身為窮人向上掙扎的願景，都引起了她思想軌跡的變化，讓她一步步向左翼靠近，接受洗禮。《跋涉》的後記裏有著作者們對於現實人生的認識：

1. 一切以經濟作基底的現社會，僅憑感情上結合的友誼是不可靠的。

2. 惟有你同一階級的人們，才能真的援助和同情你。

3. 藝術是救不了現實的苦痛。〔註5〕

這齣自蕭軍的手筆，顯然也是蕭紅的心聲。蕭紅就這樣走到左翼陣營中來，創作生涯的開啟標誌著左翼作家身份的確立，這是對過去的界定，也是對未來的憧憬，而這背後，是對於自我的重新認識。經過「洗禮」的她，和三

〔註1〕 蕭紅：《餓》，《蕭紅全集》第1卷，黑龍江大學出版社2011年版，第153頁。

〔註2〕 蕭紅：《餓》，《蕭紅全集》第1卷，黑龍江大學出版社2011年版，第155頁。

〔註3〕 蕭紅：《棄兒》，《蕭紅全集》第4卷，黑龍江大學出版社2011年版，第144頁。

〔註4〕 蕭紅：《棄兒》，《蕭紅全集》第4卷，黑龍江大學出版社2011年版，第145頁。

〔註5〕 蕭紅：《跋涉·後記》，《蕭紅全集》第1卷，黑龍江大學出版社2011年版，第37頁。

十年代許許多多迷茫困惑中的青年一樣，天地廣闊，要去尋找自己安生立命的位置。

二、從契合到疏離：難以被同化的創作之路

在蕭紅早期的作品裏，階級對立是經常出現的主題。《夜風》裏的地主婆有「明亮的鑲著玻璃的溫暖的家」〔註6〕，洗衣婆卻只能住在破落無光的屋子裏，穿著地主婆穿壞的氈鞋；《王阿嫂的死》中，王阿嫂的丈夫被地主活活燒死，她自己也在被地主踢了一腳後難產死去……貧富懸殊與底層苦難在《跋涉》和《橋》裏觸目驚心地存在著。蕭紅的底層經歷讓她保持著底層視角，階級、窮人這樣的字眼在她的小說裏時有出現，只是大多被處理成背景式存在，有時便顯得突兀而僵硬。前面提到，在蕭紅這裡，階級矛盾、性別歧視與底層苦難和人生困境往往糾纏在一起，其實在現實生活中它們也難以彼此獨立地存在。蕭紅的寫作是從現實人生出發的，左翼思想為她指引了消弭苦難的道路，她卻在上路之後保持了罕見的冷靜與清醒。

蕭紅沒有像丁玲那樣，在接受左翼思想的洗禮後，便積極摸索新的創作方法讓自己緊跟上無產階級文學的步調，她的作品保持著自己獨有的風格。她與左翼文學的相遇更像是一場相投的誤解。時代、朋友、愛人擁著她走向了火熱的集體，她的體驗與苦難也讓她難以對這美好的願景說「不」。但她自始至終保留了獨立的姿態，她的「為人類」的寫作立場不曾更改。隨著閱歷的增加與寫作技法的進步，蕭紅的作品愈發顯示出與左翼文學的不同。在早期的短篇裏，蕭紅在展現底層苦難的同時，往往試圖從階級論的角度來尋求苦難的原因，地主無疑是農民悲慘命運的罪魁禍首，在《生死場》裏，情況則有所不同。地主固然強迫著農民加地租，可也幫著忙把佃農趙三從大牢裏放了出來；農民受不了生活壓力的催逼，但他們自身的愚昧與自私也為生命的隕落增添了沉重的砝碼。這種轉變在蕭紅的寫作愈加成熟時就愈顯突出，《生死場》是個突出的例證。

1935年底，《生死場》的出版驚動了上海文壇。這部小說記敘了哈爾濱近郊農民在「九一八」前後的日常生活與反抗侵略的壯舉，許多文評家稱讚它喚起了大眾抗日的決心，卻有人發現了問題。胡風在讀後記裏說「散漫的素

〔註6〕蕭紅：《夜風》，《蕭紅全集》第1卷，黑龍江大學出版社2011年版，第34頁。

描感不到向著中心的發展」、「人物性格都不突出，不大普遍」〔註7〕；魯迅則在序言裏表示「敘事和寫景，勝於人物的描寫」〔註8〕，後來又在信裏對蕭紅解釋「那也並不是什麼好話，也可以解作描寫人物並不怎麼好，因為作序文，也要顧及銷路，所以只得說得彎曲一點。」〔註9〕這看似是對一個技法不純熟的寫作者幼稚文筆的詬病，其背後，卻是一個需要明確態度與典型形象的陣營中的要求，與一個實際上的獨立作家的態度分歧。《生死場》延續了蕭紅早期尚不成熟的文體風格，雖然有三分之一的篇幅寫到了日軍入侵與農民起義，主體卻仍是對農民日常生活的記述——這是一群村莊裏世代生存的農民和他們的牲口、土地的故事，而日子已經走到了最艱難的時候，情節就這樣展開。蕭紅寫景狀物、記述日常生活的本領十分強大，她僅憑寥寥數語就能勾勒出事件輪廓，並精準扼要地抓住重點。她不注重對人物典型的塑造，然而能夠將人物的性格與環境相貼合，使二里半、王婆、金枝們栩栩如生。相比之下，小說中抗日情節則顯得薄弱得多，「黑色的舌頭」這一章節明顯缺乏充分的鋪墊，而蕭紅的描寫也顯得日軍入侵的後果似乎並不比生老病死的悲劇更為慘烈。面對日本人的到來，所謂的革命只是李青山和幾個人的單獨行動，而他自己「尚分不清該怎樣把事情弄起來」〔註10〕。蕭紅筆下的農民行動顯得單薄而草率，不僅有著道聽途說的隔閡，也充滿了語焉不詳的空白與跳脫，而全書尚未寫到集體革命便匆匆結束了。這一切都表明，蕭紅寫的是她所不熟悉的題材。對一個情感體驗型作家來說，題材的生疏往往使作品流於平庸。《生死場》的確不是藝術上的圓熟之作，但蕭紅「越軌的筆致」卻大大彌補了題材的生疏。她的與眾不同也在文本形態上顯露無遺：她打破了「主題先行」的寫作模式。在左翼文學內部，這顯然是主流的小說體式：作者對作品的介入往往以理論為發聲器，因而要求敘述客觀、全面，排斥情感的投射。而作為主觀情緒型作家，蕭紅另闢蹊徑了。她並不能夠像其他左翼作家那樣，精準地將理念與邏輯貫穿於對社會政治主題的反映。她的語言不具備號召力

〔註7〕 胡風：《生死場讀後記》，《蕭紅全集》第 1 卷，黑龍江大學出版社 2011 年版，第 135 頁。

〔註8〕 魯迅：《生死場·序》，《蕭紅全集》第 1 卷，黑龍江大學出版社 2011 年版，第 41 頁。

〔註9〕 蕭軍：《魯迅給蕭軍蕭紅信簡注釋錄》，黑龍江人民出版社 2011 年版，第 39 頁。

〔註10〕《蕭紅全集》第 1 卷，黑龍江大學出版社 2011 年版，第 108 頁。

與煽動性，她的作品甚至缺乏體裁上的分界。她的筆觸在刻畫細緻的體驗時是細膩的，而在主題先行的創作模式裏，卻是格格不入的。

1938 年，在《七月》的一次座談會上，蕭紅就抗戰文藝發表了這樣的觀點：「作家不是屬某個階級的，作家是屬人類的。現在或是過去，作家們寫作的出發點是對著人類的愚昧。」〔註11〕這早在《生死場》中就已現出端倪。在鄉村，連一棵茅草的價值也要超過人，王婆摔死自己的女兒時，「一滴眼淚都沒有流下」〔註12〕，成業僅僅因為米價的低落，就將剛滿月的小金枝殘忍地摔死……在蕭紅筆下，生死場上永遠不乏悲劇的誕生，日軍的入侵不過是增加了悲劇的一種，將農民走向死亡的進程又推快一些罷了。異族侵略固然使日子更加艱難，農民本身的愚昧無知卻也難逃其咎。蕭紅寫起後者來毫不手軟。活得窩囊的趙三對革命軍一無所知，卻懷著和十年前組織「鐮刀會」同樣的興致，在他看來這大概是翻身正名的好機會；富有見識的王婆問黑鬍子女兒被害的事時沒有了平日的覺悟，覺得對方「像弄著騙術一般」〔註13〕；在決意抗敵的悲壯時刻，領頭人李青山竟挨家挨戶地要尋公雞起誓，而趙三在進行了「有血氣的人不肯當亡國奴」這樣啟蒙的「發言」後〔註14〕，眾人竟對著匣子槍跪拜「盟誓」：「若是心不誠，天殺我，槍殺我，槍子是有靈有聖有眼睛的啊！」〔註15〕種種稀裏糊塗的「革命」，形成了文本的斷裂與話語的矛盾，其實已將文本中勉強存在的「抗日決心」與啟蒙意義，在無形中消解了。

雖然在抗戰期間，蕭紅還寫了一些與戰爭相關的作品，如《曠野的呼喊》、《汾河的圓月》、《北中國》、《黃河》等，也算是跟上了時代，但她把焦點對準戰爭背後的心靈創傷，這些小說中沒有關於戰爭的正面描寫，在其他抗日文本中被當做英雄的角色，在這裡卻是面容模糊的，這些「不在場」的角色成為父輩心中抹不掉的陰影。彼時創作氛圍慷慨激昂、樂觀豪邁，這樣的作品顯得有些不相宜。同時，從《生死場》裏暴露出的缺憾仍然存在，一面是作品中時而突兀時而邊緣化的政治信息，一面是熟悉的、起於現實人生的描摹，它們形成了文本內部的張力，卻未能夠調和成和諧的形態。這樣的問題在蕭

〔註11〕蕭紅：《現時文藝活動與〈七月〉座談會記錄》，《蕭紅全集》第 4 卷，黑龍江大學出版社 2011 年版，第 460 頁。
〔註12〕《蕭紅全集》第 1 卷，黑龍江大學出版社 2011 年版，第 48 頁。
〔註13〕《蕭紅全集》第 1 卷，黑龍江大學出版社 2011 年版，第 109 頁。
〔註14〕《蕭紅全集》第 1 卷，黑龍江大學出版社 2011 年版，第 111 頁。
〔註15〕《蕭紅全集》第 1 卷，黑龍江大學出版社 2011 年版，第 112 頁。

紅早期的短篇中已時有出現，只是在中長篇小說裏顯得更為突出。文本斷裂的背後實則是兩套話語的糾纏與鬥爭，是蕭紅與左翼作家在根本態度與創作理念上的分歧。當時的左翼在一定程度上否認了文學作為一種獨立意識形態的地位，因此正統左翼作家進行的是「席勒式」的創作，採取的是以理念與主義指導人物和情節的方法，創作本身即被要求是政治生活與意識形態鬥爭的一部分。反觀蕭紅，她受到的影響止於左翼文學堅持的救亡或激進的理念，在真正的創作中，蕭紅始終是將文學的獨立性與超越性擺在神龕的一個獨立作者。說她難以駕馭宏觀政治題材也罷，說她難以附和將文學作為政治傳聲筒也罷，文學創作中的蕭紅，始終是以「人」的姿態來觀察「人」的世間，她用她的體驗和情緒來從事文學觀照上的審視，這種審視是一種迥異於正統左翼的人本態度，因而在蕭紅的筆下，世界與人是多元而複雜的。左翼評論家對於她的人物典型性不足的批評，實在是二元化政治鬥爭視角與多元化人本主義視角的區別。蕭紅的確是受到左翼意識形態的影響走上了創作啟蒙的道路，然而在這條道路上指引她方向的，是一雙清澈的「人」的眼睛。對「人」的關注使底層視角伴隨了蕭紅的創作始終。

　　與大部分左翼作家不同，雖然保持了底層視角，身為底層的經歷卻讓蕭紅的批判始終伴隨著同情與悲憫。這種傾向在蕭紅的寫作趨於成熟時就更加明顯。她說過這樣一段話：「魯迅以一個自覺的知識分子，從高處去悲憫他的人物……我開始也悲憫我的人物，他們是自然奴隸，一切主子的奴隸。但寫來寫去，我的感覺變了，我覺得我不配憐憫他們，恐怕他們倒還應該憐憫我咧！悲憫只能從上到下，不能從下到上，也不能施與同輩之間。我的人物比我高。這似乎說明魯迅真有高處，而我沒有，或有的也很少。」〔註16〕這段話明確地表現出創作過程中的蕭紅，心境與信念是如何變化的。從高處俯視的批判式啟蒙，到低處平視的體驗式創作，蕭紅的確有過站在高處的努力，她描寫生死場上如動物般混沌生活的人民，並為他們指明了一條抗日的道路：「這些蚊子一樣的愚夫愚婦們就悲壯地站在了神聖的民族戰爭的前線，蚊子似的為死而生的他們現在為生而死了」〔註17〕，然而這條道路是否能為他們帶來生存方式的轉變？啟蒙立場與蕭紅的底層體驗是相悖的。如果說在主義

〔註16〕聶紺弩：《蕭紅選集‧序》，《蕭紅選集》，人民文學出版社1981年版，第4頁。
〔註17〕胡風：《生死場讀後記》，《蕭紅全集》第1卷，黑龍江大學出版社2011年版，第133頁。

之爭中蕭紅更傾向於多元化的「人」為主導的文學，那麼在態度上蕭紅更多的疏離則來源於她無處安放的悲憫，她懷著大悲憫之心，希冀以啟蒙的文學普渡眾生，然而在最後，她的悲憫向內轉了，她悲憫的對象從筆下的形象延伸到現實生活，延伸至自己的悲劇，她同樣不能夠將對象當作傳聲筒，而只能將他們當作自己的眼睛，這不僅導致了她的彷徨，更是她的文學與正統左翼文學漸行漸遠的原因。她筆下的女性悲劇越是深刻，越令她回想起自己不堪回首的性別苦難。在啟蒙別人的時候，發現自己也是啟蒙對象中的一員，她便無法再從高處「悲憫」別人，而是將自己下放到同一道路中與筆下的人物一起去「受苦」，共同體驗著生存的悲涼。事實上，不論是藝術創作還是現實人生，她總是更加傾向於做一個體驗者而非引路人。同情與理解讓蕭紅始終無法做一個真正的啟蒙者。

如同一個失足少女被引上通往光明的路途，蕭紅的早期創作表達了強烈的訴求和憧憬，隨著二蕭分手、魯迅離世，成長中的作家蕭紅在寫作上逐漸找到了自己的園地。如果說階級論回應了蕭紅早年生活與創作中的困惑，那麼隨著閱歷的增加與心境的推移，機械的二元對立思想已經不能夠滿足蕭紅對於世界和人生的認識。左翼將她從人生的泥淖裏拉了出來，引她走路的，卻還是她自己的眼睛。

三、飛昇——獨立寫作與永恆追求

蕭紅雖從未加入任何黨派，但與左翼人士交往密切，出道之時又被冠以「左翼作家」稱號，她的寫作有意無意地與左翼文學聯結著大約一致的規範。然而在創作理念上的根本分歧，卻讓她的作品無論從思想內核還是文本形態都呈現出與左翼文學的差異。獨立的寫作或許讓她失掉了左翼群體的認同，卻將她的創作引向文學的飛昇——超越話語模式的審美與悲憫，將蕭紅的作品賦予了超越左翼文學、甚至超越時代的價值。

在 1940 年前後這樣的「大時代」裏，《呼蘭河傳》的出現無疑不合時宜。作為蕭紅的第二部中長篇小說，這部作品與《生死場》的基調是不同的，小說裏「看不見封建的剝削和壓迫，也看不見日本帝國主義那種血腥的侵略」〔註18〕，當時正值抗戰深入的關頭，群情勃發慷慨激昂，文學的宣傳性與工

〔註18〕茅盾：《呼蘭河傳·序》，《生死場·呼蘭河傳》，鳳凰出版社 2010 年版，第 135 頁。

具性受到空前的重視。作家們紛紛投入報告文學、抗戰戲劇的創作。反觀《呼蘭河傳》，沒有明確的政治立場與宣傳目的，也沒有簡單的暴露、歌頌或批判，甚至連在早期小說裏時而出現的「階級」字眼也沒有了。在蕭紅所處的火熱年代，這樣的作品與左翼作家的身份簡直不相稱。茅盾惋惜寫作《呼蘭河傳》時的蕭紅「被自己的狹小的私生活的圈子所束縛，和廣闊的進行著生死搏鬥的大天地完全隔絕了」〔註 19〕，駱賓基也評價蕭紅「是以強者的姿態生長，壯大的途中又軟弱下來的」〔註 20〕。

這「軟弱」，是李媽送心上人去前線時的惆悵（《朦朧的期待》）；是陳公公在風中狂奔呼喊兒子的絕望（《曠野的呼喊》），是無數弱小的生命被大時代所掩蓋的呻吟。當小人物的聲音飄散在左翼作家的宏大敘事裏，蕭紅卻追隨著它們，走向受侮辱受損害的底層命運，觸摸禮教之下、戰爭背後的心靈損傷。面對這一群老舊中國的兒女們，她毫不留情地戳破他們自欺的面具、撕下他們愚昧的外衣，然而，蕭紅無奈地意識到自己也是「生死場」上的一員，生育、婚戀、疾病、貧窮、戰爭……女人承受的苦難她無從逃避，窮人沒頂的災難中她同樣感到無能為力，因為那就是她真實的人生。她固然從左翼和魯迅那裡汲取了養分，也在意識上向精英靠攏，卻沒法改變自己身處底層的記憶，因而，也掩飾不了她靈魂深處的理解與同情。《呼蘭河傳》裏，照著「幾千年傳下來的習慣而思索而生活」的呼蘭河人〔註 21〕，善良背後是無知，質樸中則隱藏著殘忍，從圍觀大泥坑子淹死雞鴨、淹沒車馬，到集體觀看小團圓媳婦當眾洗澡、偷聽編造馮歪嘴子的家庭生活……圍觀者的無聊、麻木、愚昧與魯迅筆下的看客並無二致，而較之魯迅，蕭紅的目光更為下沉，她的筆觸更加審慎。她對於呼蘭河的審視是平淡裏帶著溫情，嘲諷中藏著不忍——儘管她的敘述常常一針見血精準到位，但卻沒有停留在諷刺和批判本身。她的諷與批都向著更廣闊的維度，在情感態度上，並不顯得那麼地不設底線，那麼地嗜血與憤激。蕭紅深知個體的暴力與罪惡深深根植於落後的文化土壤與愚昧的思想傳統：施虐的婆婆固然愛面子又殘暴，她卻也是父權文化等級秩序下的受害者；紮彩鋪裏的匠人努力裝點著供奉死人的彩人、車馬，對生

〔註 19〕茅盾：《呼蘭河傳·序》，《生死場·呼蘭河傳》，鳳凰出版社 2010 年版，第 136 頁。

〔註 20〕駱賓基：《蕭紅小傳》，北方文藝出版社 1987 年版，第 2 頁。

〔註 21〕《蕭紅全集》第 3 卷，黑龍江大學出版社 2011 年版，第 12 頁。

活卻逆來順受、稀裏糊塗；開粉房的人漏著粉，唱著歌，可是他們也害怕房柱子會突然倒下。生存的艱辛已經榨乾了他們對命運的渴望，這強勁的生命力卻讓蕭紅由衷地起著讚歎。有二伯處處受人揶揄，被人捉弄，除此以外他似乎沒有存在的意義。他的命運無人關注，他就跟這座呼蘭河小城裏所有的來去一樣，靜默地從生到死。女童「我」的同情與陪伴，見證了一個「多餘人」在世間飄零的行走。蕭紅以悲憫之心觀照著每一個不幸的生命，她痛恨他們的愚昧與麻木，卻感動於他們本性中所固有的善良與堅韌，這原始的、質樸的力量讓她看見生的希望。馮歪嘴子因與王姑娘同居而受盡鄉鄰的捉弄與嘲諷，然而他不知道人們都用悲觀絕望的眼睛看他，他常含著淚又笑著說「慢慢就中用了」。他堅韌地盡著他的責任，他的孩子也慢慢地長大，給他帶來希望。這點微弱的希望與信念，對於彼時處在極端寂寞中的蕭紅來說，幾乎是救命的稻草。長期的漂泊與苦難，讓蕭紅的文本長久地帶有流浪的氣質和孤獨的況味。從人為的隔閡（《手》、《馬房之夜》）到跨越時空的悲涼（《汾河的圓月》、《橋》、《呼蘭河傳》），從病體的觸目驚心（《生死場》）到生命的輕易毀滅（《小城三月》），從「人和動物一樣忙著生，忙著死」的痛心〔註22〕，到「滿天星光，滿屋月亮，人生何如，為什麼這麼悲涼」的喟歎〔註23〕，頻繁的遷移與逼近的戰火摧殘著蕭紅的健康，麻木無覺的生存與盲目草率的毀滅更是震動著蕭紅的心靈，寓居香港、病苦交加的蕭紅祈望以「精神返鄉」找到「人生何如」的答案。然而，這祈願終究落空。回憶中的故鄉被鍍上了溫暖的色彩，它的愚昧與封閉卻並未因此減弱。溫情的回望，始終縈繞著悲涼的氣氛。「我家（的院子）是荒涼的」〔註24〕，這樣的句式反覆出現，令小說籠罩在一片揮之不去的陰影中。馮歪嘴子的生命力令人看到光明，然而在「尾聲」裏，他「至今究竟如何，完全不曉得了」〔註25〕。給童年以慰藉的後花園，那院裏的蝴蝶、螞蚱、蜻蜓，可能不存在了，小黃瓜、大倭瓜也許完全荒蕪了。祖父死了，「我」逃荒去了，故鄉，仍舊只是回憶中的一縷幻夢。蕭紅的精神突圍沒有成功，她的追尋卻留下了這樣一個意味豐富的文本——以寫作來抵抗「寂寞」的蕭紅，在對遙遠故土與逝去歲月的凝視裏，用雜糅著批

〔註22〕《蕭紅全集》第 1 卷，黑龍江大學出版社 2011 年版，第 83 頁。
〔註23〕《蕭紅全集》第 3 卷，黑龍江大學出版社 2011 年版，第 29 頁。
〔註24〕《蕭紅全集》第 3 卷，黑龍江大學出版社 2011 年版，第 63 頁。
〔註25〕《蕭紅全集》第 3 卷，黑龍江大學出版社 2011 年版，第 153 頁。

判、悲憫與眷戀的筆，為所有異鄉人譜寫了一支朦朧的、愛恨交織的思鄉曲。而在彷徨之時仍能生出希望，絕望之中仍能心懷悲憫，這根植靈魂的深摯情感與卓異姿態，令人蕭然起敬。

　　《馬伯樂》也是蕭紅後期創作中一個不應被迴避的文本。這部小說多少可以看做是蕭紅那一類以戰爭為背景的小說的繼續，對於作者而言，它的意義更多地表現為一個天才作家多方寫作才能的展現。在蕭紅之前，諷刺小說在中國現代文學中並不是佳作頻出的體裁，只有老舍、張天翼、葉聖陶算是諷刺小說家中的佼佼者。很難相信，創作生涯只有六七年的蕭紅在初次寫作諷刺小說時就已將這一文體運用得非常熟練。老舍旅英多年，受狄更斯影響極深，而蕭紅的背景使她幾乎從未接觸過西方此類作品，而且《馬伯樂》是戰中的蕭紅帶病寫就，寂寥的心境竟絲毫未在文中有所透露。在這部未完的作品中，作者的本意是作一幅戰時浮世繪。馬伯樂並不是唯一被寫作的對象，從道貌岸然的知識分子，到社會上各種無所事事的投機者、諂媚者和無聊的食客，隨著馬伯樂一路逃難，蕭紅的筆寫遍了芸芸眾生。除去筆端常有的漫不經心、隨心所欲，《馬伯樂》在藝術上堪稱一部諷刺小說的傑作。然而和從前一樣，抗戰只在文本中勉強露了個面，正面描寫更是無從談起，蕭紅甚至諷刺了那些自以為是的愛國作家，這無疑招致了驚詫和不滿。戰爭題材的中篇小說尚且如此，蕭紅的文本顯然不是、也無法成為典型的左翼啟蒙主義文學樣式。《馬伯樂》對世相的從容觀察與揮灑自如的諷刺，在戰時的緊張氣氛中極其罕見。與《呼蘭河傳》那一類貼近心靈的寫作不同，它是從操作層面展示了作家收放自如的創作才能，反映出一個獨立作家在超越左翼二元話語體系後的自由。

　　寫作，是作者對於內心聲音的捕捉。在風雲際會的時代則往往成為時代聲音的記錄。而蕭紅作為情感體驗型作家，在記錄時代風雲的同時，更多地聽從了內心的聲音。不管是「左」是「右」，終究是一種固定的、僵化的話語模式。對於文學家來說，世界觀和立場是必須存在的，但是在認同某一種價值觀時，仍能夠做到對於人類和世界以及自我的、無礙的審美與同情，這便是她的「為人生」，不但是對左翼文學的超越，也是對於時代束縛作家的話語模式的超越。如果沒有寂寞的早逝，我們完全有理由相信，《呼蘭河傳》和未完成的《馬伯樂》「三部曲」（後者代表了嶄新的方向）能將蕭紅的創作引向另外的平臺。而這個平臺，也許有可能是她正式「去左翼化」的開始。

　　對偉大的作家而言，「窺斑見豹」和「蓋棺定論」可能是狹隘而膚淺的。「左翼作家」的稱謂，初時似是對蕭紅的過譽，往後卻成了她尷尬的標識。一個天才作家的道路是不能夠被限定的，蕭紅的偉大在於她始終比同行者多走了一步。在文學與政治的天平上，她比大多數左翼作家更清醒地明白自己應在的位置。她的創作與左翼文學契合著，疏離著，然而不變的，是她對思想自由的堅持。融入集體而始終孤獨，從救贖到飛昇，她的人生逐漸從時代的中心走向了大陸的邊緣，她的創作努力卻在歷史與審美的維度中超越了焦慮的時代。〔註 26〕

　　載《江淮論壇》2014 年第 6 期，原題《從救贖到飛昇——蕭紅與左翼文學的契合與疏離》。

〔註 26〕本文與崔璨合撰。

蕭紅小說創作的理性與浪漫情懷

　　當大多數的左翼作家基於革命正義，以革命理性建構人民大眾的反帝反封建的鬥爭生活時，蕭紅的創作卻表現出一種自由率真、自我表現的浪漫情懷，同時又繼承了魯迅的「改造國民靈魂」這一現實主義傳統，始終對著人類的愚昧開戰。她是一位將浪漫情懷與理性精神融合在一起的作家。在 20 世紀 30 年代社會革命形勢高漲、個性主義的浪漫主義文學的生存空間大大縮小的時候，她的創作實踐打通了浪漫主義與現實主義的界限，以其個人的方式延續了浪漫主義文學的精神，使她的創作在左翼作家中獨樹一幟，並且擁有了長久的藝術魅力。

一、以感性生命體驗人生的艱辛

　　蕭紅說：「一個題材，必須要跟作者的情感熟悉起來，或者跟作者起著一種思戀的情緒。」〔註1〕這表明她本質上是一個情緒型的作家：善於描寫個人的生命體驗，而階級壓迫和鬥爭的描寫，對於出生並成長在一個地主家庭的她來說並不擅長。雖然，她以後飽受了生活的艱辛，但這也只是個體生命的體驗，階級意識在她的深層心理板塊結構中仍然是模糊的。因此，她在文學創作的初期雖因受到蕭軍及左翼作家的影響，有一些描寫階級鬥爭、革命反抗內容的作品，如《看風箏》、《夜風》等，但這些作品給讀者深刻印象的往往不是階級壓迫和鬥爭，而是鄉土民眾的生存艱辛和生活的淒苦。而她中後期的作品，特別擅長描寫那些處於社會大潮邊緣上的小人物。這些人物幾乎沒有一個是時代的英雄，都是平凡的近乎卑微的鄉土大眾。無論是她獲得巨大

〔註1〕蕭紅：《現代文藝活動與〈七月〉》，《七月》第 15 期，1938 年 5 月發行。

成功的《生死場》中的金枝、王婆等，還是《呼蘭河傳》中的小團圓媳婦、王大姑娘、有二伯，無一不是世俗社會中微不足道的凡夫俗子，然而他們恰恰就是蕭紅情感所「熟習」的，這些人物都是她生命和情感的一部分，是她生命中最寶貴的記憶和心靈的深刻體悟。

這從一個側面反映出蕭紅不同於一般左翼作家的創作觀念。在那個社會動盪不安的年代，在文學逐漸受制於政治之時，蕭紅始終堅持著個人寫作時的心靈自由，以較強烈的主體力量突破了時代的限制，摒棄宏大敘事，以細膩的筆觸描繪出革命戰爭背景下底層民眾的生活狀態和情感世界。在社會革命成為歷史主旋律的時代，她仍然堅持著魯迅開創的「改造國民靈魂」的方向。她以此種方式避免了捲入特定時期源於主流意識形態話語的宏大敘事的潮流，從一個歷史的際縫中切入歷史深處把握另一面的歷史真實。這種在創作上堅持自己的獨立人格，不隨波逐流，本身就是一種寬泛意義上的自我表現，是一種浪漫自由精神的體現。

蕭紅的這種重個性、重自我表現的創作觀，集中體現於她所描繪的一個充滿生命情感體驗的文學世界裏。這是她體驗過的真實世界，而她自己也就是這世界中的一員。在這個世界中，人和物成為她情感表現的載體。她常常娓娓道來，似乎在講述她自己的故事，極具「自敘傳」性質。在蕭紅的許多作品中，她雖然不像五四浪漫主義作家一樣醉心於大膽的自我表現，但我們可以隨處讀到無處不在的蕭紅式的情感。她的第一篇小說《王阿嫂之死》，一個飽受生活艱辛的寡婦，挺著大肚子勞作在地主的田地上，受盡折磨後死於難產。作者寄予了無限的悲憫之情：「山上的蟲子在憔悴的野花間，叫著憔悴的聲音啊！」……「王阿嫂就這樣的死了！新生下來的小孩，不到五分鐘也死了！」一種悲天憫人的人道主義關懷之情躍然紙上。這裡有蕭紅作為女性生育之苦的情感體驗，作為逃亡之子的生存艱辛的心靈煎熬。在這種反映現實的作品中，顯露作者情感的作品並不常見。魯迅是其中的一位，蕭紅則師承魯迅，將這風格發展到新的水平。《棄兒》是蕭紅自己親身生命的體驗：一個未婚先孕的年輕女子芹在遭愛人遺棄後，被罕見的洪水困在旅館中，負債累累、生活窘迫之時，結識了新的愛人蓓力，經受種種冷遇和艱辛後，不得不將剛出生的孩子送給別人。作品雖然沒有以第一人稱來講述，但其中的故事不由讓瞭解蕭紅生活的人將此當作她在哈爾濱痛苦生活的回憶以及與蕭軍相識相愛共渡難關的深刻記憶。在面臨洪水、生存、死亡的種種脅迫下愛人之

間相濡以沫的真情感人肺腑，母子之間被迫永遠分離的痛苦催人淚下。這是蕭紅飽含著血與淚在回憶，字字句句都流淌著她的真情。這是一種掙扎與痛苦的浪漫情懷，是一種難言的隱忍之痛。蕭紅就是這樣將自己的情感寄託於她筆下的人物，這些人物身上無不打上她自我生活和感情的烙印。

如果說蕭紅早期的作品是寄情於筆下的人物，那麼她中後期的作品則是以景來統情。處處有景，處處有情，形成一種流動、清新的意境，恰似一首首抒情詩。這種創作方式，使得她的作品具有一種中國傳統抒情韻味的散文的美。《小城三月》就是一首景色淒美、情感濃烈的「抒情詩」。作者通過營造詩景，來襯托人物的命運。小說開篇就以明麗的色彩描繪出一幅生機盎然的「春意圖」：「三月的原野已經綠了，像地衣那樣綠，透出在這裡、那裡。郊原上的草，是必須轉折了好幾個彎兒才能鑽出地面的，草兒頭上還頂著那脹破了種粒的殼，發出一寸多高的芽子，欣幸地鑽出了土皮……」在這春光明媚的景色中，翠姨沐浴著春風走來，作著春夢，追著春光，然而不幸的婚姻摧折了她的春夢，也帶走了她春天般的生命。又一個春天來臨了，「翠姨墳頭的草籽已經發芽了……墳頭顯出淡淡的青色……」春的氣息充滿著全篇，而翠姨卻與春天絕緣。一種淒婉哀涼的情緒頓時湧上心頭。作者不由得感慨萬分：「春天為什麼它不早一點來，來到我們這城裏多住一些日子，而後再慢慢地到另外的一個城裏去，在另外一個城裏也多住一些日子。」整篇小說沒有扣人心弦的故事情節，更沒有激烈的矛盾衝突。統攝全篇的只是一種淡淡的、不可名狀的哀愁，揮不去，散不開。這種情緒貫穿了小說的每一個具有韻味的片段和場景，形成一種極具張力的散文化、詩化的結構。

這種託物言志的敘述方式也體現在靈動、清新、自然的語言上。蕭紅是自然之女，從小生長在大自然的懷抱中，養成了一種自由真率的性格。一切生物在她的眼裏都是有生命的。她在《呼蘭河傳》中寫道：「花開了，就像花睡醒了似的。鳥飛了，就像鳥上天了似的。蟲子叫了，就像蟲子在說話似的。一切都活了。都有無限的本領，要做什麼，就做什麼。要怎麼樣，就怎麼樣。都是自由的。」大自然的無限生機盡現在簡單的、充滿童稚趣味的語言之中了。蕭紅筆下的語言都是最自然的，充滿著無窮的想像力。她像一個充滿幻想的孩子，給一切事物都披上了形象的外衣，體現出事物最直觀的外貌，讓人過目難忘。語言是情感的載體，蕭紅筆下的文字彷彿就是從她心裏流淌出來的，沒有刻意雕鑿，是她天性的自然流露。她偏好自然、簡單的東西，她的

個性原本就是自然純真、無拘無束的，因而反映在她的作品裏的自然也是一種童心未泯、自由自在的語言。這種自由的、自然的分子流淌在蕭紅的血液中，外化於她的筆下，又形成了一種浪漫的特質。

二、以理性之光穿透現實的悲劇

儘管蕭紅的許多作品都帶有「自敘傳」痕跡，流動著浪漫的自由精神，都融入了自我、抒發自我感情，但又能超越自我。蕭紅能避免許多五四浪漫主義作家沉溺自我、宣洩自我，滿足於自戀、自瀆的侷限，並以自己獨特的人生體驗與敏感的直覺，去關照社會人生而不僅僅是自我，去探測與洞察人類存在的困境，把個體的困境與人類的困境緊密聯繫起來，始終關注於人類的愚昧這個具有終極意義的永恆話題。同時，她也避免了五四浪漫主義者極端的崇尚主觀、極端的主情主義，放逐了一切形式規範，形成了一種融主觀與客觀、抒情與寫實為一體的新的創作風格，獨具自己的審美特質。

她同魯迅一樣，注重從生死兩極，從普通的日常生活方式中挖掘人生的悲劇，探取生命的價值，這無疑是對魯迅的「改造國民靈魂」的繼承，在她筆下既有在千百年不變的生死輪迴中掙扎的畸形的人們。在《生死場》中，王婆把麥粒看得比孩子還重要，二里半視山羊比自己的生命更寶貴。這都是因為生活太艱辛。甚至在這種殘酷惡劣的生活裏，溫柔寬厚的母愛也變得扭曲了。「冬天，對於村中的孩子，和對於花果同樣暴虐。他們每人的耳朵冬天都要腫脹起來，手或腳都裂開條口，鄉村的母親們對於孩子們永遠和敵人一般。當孩子把爹爹的棉帽偷著帶起跑出去的時候，媽媽追在後面打罵著奪回來，媽媽們摧殘著孩子永久瘋狂著」。在這裡人類最神聖的母愛也被泯滅了。人的感情是多麼麻木和冷漠！生存的殘酷吞噬了人間最偉大的母愛！人們仍然掙扎在生死線上，簡單地、動物般地活著。他們的靈魂仍然在黑暗處徘徊著。更令人心靈震顫的是魯迅筆下「無主名無意識殺人團」的麻木和殘忍。《呼蘭河傳》中的小團圓媳婦本來是個天真活潑可愛的小姑娘，可就是因為她「見人一點不知道羞」，「大模大樣的」。她的婆婆為了讓小媳婦有個「樣」，對她施以殘酷的管教，如弔在房梁上，用鞭子抽，用紅的烙鐵烙腳心。更令人目不忍睹的則是扒光了她的衣服按在沸水裏驅邪「治病」。如此殘忍之道在婆婆看來卻是「善心」，而周圍的人也出於「好心」，送「偏方」，獻「邪令」。他們也是受盡命運虐待之人，反過來又慘無人道地虐待同命運的弱小者。由此可

見封建禮教的殘忍和可怕，它取消了人們的自我意識，讓人於不知不覺中充當禮教殺人的工具和幫兇。在這種宗法禮教下，人們既是受害者，又愚昧地充當了謀害與自己同性的殺手。可見，「改造國民靈魂」確實任重而道遠。蕭紅不僅從中挖掘出愚昧的國民性，而且觸及到了整個民族生命力委縮的病根。這種麻木混沌的生活，窒息了一切生命力與創造力，在這樣一種生存方式的生死輪迴中，國家和民族怎能不一步步走向衰亡呢？

蕭紅繼承了魯迅的文學觀，對著人類的愚昧開戰，認為「作家是屬人類的」，表達了一種超越政治的藝術立場，表現出對文學本體的自覺追求。她執著於人類靈魂的解放，筆下所展示的抗日鬥爭的盲目、混亂、鬆散客觀上說明了這一點。當「主體」的精神狀態尚未成熟到自覺地追求真正的「人」的生存時，這種覺醒在很大程度上是盲目的、被迫的，很難成為普遍的生存樣式。只要中國人的愚昧、保守還在，那麼，即使異族的侵略攪動了他們沈寂的生活，他們也未必能因此而凝聚起民族的精神和力量，徹底地將舊的生活完全改變。外來的侵略加強了蕭紅對傳統文化和民族劣根性的反思，「她清醒地把這民族心理與社會關係的變化看作是歷史發展過程中的一個環節，比之麻木、冷漠的過去，這無疑是巨大的歷史的進步。然而，我們的民族與人民也沒有在一個早晨就『突變』為英雄，他依然背著歷史傳統的重負。唯其如此，這個民族明天必然有更偉大的發展與前途。」〔註2〕蕭紅不是為了寫抗戰而寫抗戰，而是為了表現對於存在的洞察而寫抗戰的，對於她來說，抗戰問題始終都是當作問題看待的，是這個世上各種自然的、社會的、政治的不合理的問題之一。從這個意義上來說，我們便可以理解蕭紅為何不贊成當時流行的作家應上抗日前線，否則就容易與「群眾」脫離這種觀點。她非常有效地揭穿了只有上前線才能寫出真正抗戰文學的論調：「我們並沒有和生活隔離。譬如躲警報，這也是戰時生活，不過我們抓不到罷了，即使我們上前線去被日本兵打死了，如果抓不住，也就寫不出來」〔註3〕，「作家不是屬某個階級的，作家是屬人類的。……對著人類的愚昧！」。〔註4〕從這個觀點出發就會發現《生死場》並不是簡單意義上的抗日作品。金枝長期忍受丈夫的折磨，丈夫

〔註2〕錢理群：《精神的煉獄》，廣西教育出版社1996年出版，第220~221頁。

〔註3〕蕭紅：《抗戰以後的文藝活動動態和展望》，座談會記錄，《七月》第7期，1938年1月16日，第195頁。

〔註4〕蕭紅：《現代文藝活動與〈七月〉》，《七月》第15期，1938年5月發行。

死後由於日軍入侵，不得不隻身一人逃去城裏作縫補婦又被中國男人強姦。金枝懼恨日本軍，然而，她直接親身感受到的屈辱卻始終都是中國男性對她的暴行。因此，當王婆斥責日本兵切開中國孕婦的肚子、殘殺女人和嬰兒的暴行時，金枝的反應是：「從前恨男人，現在恨小日本鬼子。」最後她轉到傷心的路上去：「我恨中國人呢？除外我什麼也不恨。」金枝淪落到如此淒涼的地步，不僅僅是日本軍的侵略。在造成她苦難命運的勢力中，更直接的還有來自同一階級陣營裏的男性。毫無疑問，在她的心中有一種樸素的抗日情緒，但這種情緒並不能抵消中國人的暴行對她的傷害。女人能夠體會到戰爭所帶來的依然是：作為男性壓迫的日本人。民族性的情感分界在她們的潛意識裏是很模糊的，一場歷史的變故未能從根本上使女性的處境改觀，她們依舊在自衛和自保的暗河中掙扎，努力為自己尋找一點兒的生存權利，來抵擋隨時可能降臨的異己勢力。金枝的形象出現在小說的後半部，在不經意間越過了「抗日問題」，而將著眼點投向了中國社會自身所存在的男女不平等的陋習，這是中國乃至世界都普遍存在的問題，具有終極的歷史意義。

三、在合力中形成創作個性

蕭紅的這種獨特性往往給人兩個突出的印象：一是真實、鮮活、自然，彷彿與生活本來面目一樣；二是無處不在的蕭紅自我與濃厚的抒情色彩。這就完全打破了主觀與客觀、再現與表現、抒情與寫實的界限，既在描寫客觀現實世界時，注入自己深切的情感與體悟，又在抒發自我內心沉鬱和孤寂時，處處關照現實人生與客觀世界。這正如一位論者所言：「小說家的每一次寫作，都是從一種最有利於釋放心靈和精力的方式來輕易地、自然地、豐富地表達自己，以具體的、個人的方式來解釋人類本質上的複雜性。」〔註5〕

這正是蕭紅的創作風格，也是蕭紅作品的魅力所在。蕭紅找到了一種最有利於表達她的情感與體驗的創作方式。她一方面有著魯迅般的清醒而深刻的直面人生的理性自覺，另一方面又有著表現自我的強烈的情感衝動。卡西爾曾經說過：「語言和藝術都不斷地在兩個相反的極之間擺動，一極是客觀的，一極是主觀的。沒有任何語言理論或藝術理論能忽略或壓制這兩極的任何一方，雖然著重點可以時而在這極，時而在那極。」〔註6〕這無疑說明了文學創

〔註5〕刁斗：《閱讀與思考》，《當代作家批評》，1996年第1期。
〔註6〕卡西爾：《人論》，上海譯文出版社1985年出版，第176頁。

作同時具有主觀與客觀、抒情與寫實的因素。蕭紅成功地在兩極之間找到了一個契合點，在自我表現中隱含著理性的思索，在深邃的洞察中又浸透著濃鬱的個人情感。這就使得理性與浪漫這兩種看起來並不相容的東西完美地結合在一起。她的這種風格無疑給我們一種這樣的啟示：文學創作原本就不能束縛於文學理論。文學理論也無法涵蓋文學創作的多質性。文學創作在去掉條條框框後，反而能煥發出新的魅力。這種創作的實踐無疑擴大了浪漫主義的生存空間，同時，也擴充了現實主義的發展領域，拓寬了文學理論的研究對象。

　　蕭紅這種嘗試的成功是多種合力作用的結果。蕭紅生長在內憂外患、危機重重的時代，國家的危難、個人的苦難使她痛心疾首。一切不幸使她對社會現實、世態人生有深刻的洞察，使她個人的情感得到充分的發酵，這就從理性和感性上為她以後的創作打下深厚的基礎。同時，童年她在祖父的庇護下，在大自然的懷抱中養成了一種真率自然、自由熱情的性格，使她獨具一種自由的浪漫情懷。幼年喪母之痛，父親的冷漠殘酷又使她具有一種叛逆、倔強、敏感的個性。此外，在哈爾濱求學時所接受的由「五四」延續而來的自由、民主、個性解放的思想，這一切都使她擁有了浪漫的潛質。這些潛質在她遭遇了親情、愛情、婚姻等的破滅後充分呈現出來。現實的失落讓她內心的積鬱、追求訴諸於筆端，她的作品因此具有自我表現、浪漫抒情的特點，現實的磨礪又使得她的創作具有一種深刻的思想性。由此，一種理性光照下的浪漫抒情便構成她作品的主要風格。

　　如果說，時代因素和個人際遇是蕭紅形成自己風格的先決條件，那麼魯迅先生的影響則是她這種風格形成的重要環節。蕭紅認同並繼承魯迅的文學觀。魯迅的文學觀大致包含三個方面的重要內容：一是文學「必須為人生，而且要改良這人生」，要「揭出病苦，以引起療救的注意」〔註7〕；二是提倡正視現實，反對「瞞」和「騙」，三是注重感情在文學中的作用，認為「創作總根源於愛」〔註8〕。魯迅始終把改造國民靈魂、批判人類愚昧作為文學創作的主題，始終關注中國社會最大多數人的平凡生活，對準病態、愚昧、麻

〔註7〕 魯迅：《南腔北調‧我怎麼做起小說來》，《魯迅全集》第4卷，人民文學出版
　　　　社1981年出版，第512頁。
〔註8〕 魯迅：《而已集‧小雜感》，《魯迅全集》第3卷，人民文學出版社1981年出
　　　　版，第532頁。

木、悲慘的痛苦人生；同時又浸透了魯迅自己悲憤的憂國憂民之情和強烈的愛憎。蕭紅的文學觀深受魯迅的影響，在主要的方面幾乎與魯迅如出一轍。她始終執著於針對人類的愚昧性，用「心」來寫作，融入了自我。正如一位論者所說：「沒有誰比魯迅和蕭紅更重視感情在創作中的作用了」，「他們從不以旁觀、冷漠的態度進行創作，總是把自己的全部感情傾注於描寫對象之中，在塑造『民族魂』的同時，他們真誠的顯示著自己的靈魂」。〔註9〕假如說蕭紅與魯迅有所不同，那是因為她更坦然於個人憂患與生命的感悟的呈現，更多地注入了自我的情感表現。同時，她將魯迅的冷峻與自己的熱切相結合，避免了女性作家「鏡子式」的沉溺自我、宣洩自我的侷限。她的理性是有浪漫特質的，她的情感是經過理性節制的。蕭紅在這方面比魯迅更進了一步，更注重情感的傾注，顯示了她作為一個女性作家的特點。〔註10〕

載《創作評譚》2005 年第 2 期，原題《透射理性之光的浪漫情懷——論蕭紅小說創作風格》。

〔註9〕錢理群：《「改造國民靈魂的文學」——紀念魯迅誕辰一百週年與蕭紅誕辰七十週年》，《十月》1982 年第 1 期，第 234 頁。
〔註10〕本文與萬娟合撰。

城與人的偶合：
淪陷區上海與張愛玲小說

　　張愛玲一生輾轉於上海、香港和美國，在這三個地方她都曾生活和寫作過，可是我們習慣將她稱為上海女作家。她在上海寫作的時間很短暫，可儘管時間短，卻如流星劃過天際一樣璀璨耀眼。1942 年張愛玲由香港返回上海並登上文壇，1943～1945 年達到她文學創作的高峰，短短的兩年之內，經由《紫羅蘭》、《雜誌》、《萬象》、《苦竹》等雜誌發表了她一生中最具代表性的小說和散文，其中包括「文壇最美的收穫」的《金鎖記》和最被「張迷」津津樂道的《傾城之戀》。1944 年 8 月，《金鎖記》、《傾城之戀》、《茉莉香片》、《沉香屑：第一爐香》、《沉香屑：第二爐香》、《琉璃瓦》、《心經》、《年輕的時候》、《花凋》和《封鎖》共十篇中短篇小說集結為張愛玲的第一部小說集《傳奇》正式出版，短短幾天售賣一空，可以說風靡當時的上海，成就了張愛玲不可複製的人生傳奇。上個世紀 80 年代柯靈曾經說：「我扳著指頭算來算去，偌大的文壇，哪個階段都安放不下一個張愛玲，上海淪陷，才給了她機會。日本侵略者和汪精衛政權把新文學傳統一刀切斷了，只要不反對他們，有點文學藝術粉飾太平，求之不得，給他們什麼，當然是毫不計較的。天高皇帝遠，這就給張愛玲提供了大顯身手的舞臺。抗戰勝利以後，兵荒馬亂，劍拔弩張，文學本身已經可有可無，更沒有曹七巧、流蘇一流人物的立足之地了。張愛玲的文學生涯中，輝煌鼎盛的時期只有兩年（1943～1945），是命中注定，千載一時，『過了這村，沒有那店』。幸與不幸，難說得很。」〔註 1〕柯靈並沒有

〔註 1〕柯靈：《遙寄張愛玲》，《中國現代文學研究叢刊》，1986 年第 1 期。

直接解讀張愛玲作品的風格與故事內容，可是從這段話裏，我們能讀出一份國家不幸詩家幸的味道，道出了張愛玲與 40 年代淪陷區上海之間的剪不斷理還亂的特殊關係：張愛玲只屬 40 年代的上海。她的命運，似乎和她筆下的人物白流蘇很像：香港的淪陷，給了白流蘇機會；而上海的淪陷，則給了張愛玲機會。只不過前者是婚姻，後者是寫作。

一、原來你也在這裡：張愛玲的上海「傳奇」

張愛玲是最負盛名的上海作家，歷久彌新。她在 40 年代上海時期，寫的是上海城市中的生活（香港作為另一個上海出現），作品中具有濃鬱的現代都市氣息。無論是男女情愛故事，還是那些都市生活場景，都打上了張愛玲的印記。在不斷深入的研究中，人們看到一個越來越豐富的張愛玲，同時明白了淪陷的上海給張提供了寫作和成名的環境，使她能夠在進步文藝被查封、市民趣味的文藝作品佔據市場的時候能橫空出世，獲得巨大成功，成為抗戰文藝與閒適文學之外的第三類文學作品：世俗傳奇。

張愛玲的小說沒有宏大的主題和鮮明的時代精神，寫的基本都是城市中的男女，他們的生活和他們的戀愛婚姻，故事中彌漫著凡塵煙火氣息。所不同的是，她沒有按傳統的世情小說模式來寫，去滿足讀者對於大團圓的歡喜，也沒有像鴛鴦蝴蝶派小說家那樣，寫男女主人公之間矢志不渝、纏綿悱惻的癡戀和恨別離，去賺取讀者的眼淚和歎息。張愛玲的文筆乾淨利落，下筆決絕，顧不上去滿足讀者的期待，使人們在故事中得到補償與安慰，故事套路往往又在峰迴路轉之際超出了市民讀者慣有的想像。她也不顧筆下人物的死活，不會考慮給他們安排一個合乎情理的結局。她彷彿抱著不添加任何個人意圖的決心，只是想把「真實」赤裸地展示出來，儘管這「真實」沒有了溫情的外衣，讓人覺得滿目蒼夷，無比蒼涼，使人連想要同情都無從著手。正是這樣充斥著世俗氣息卻又不同於一般世情小說的寫法，成就了獨樹一幟的張愛玲式的世俗「傳奇」。

張愛玲小說的核心線索是男女婚戀，但筆下的男女往往不是以感情而是以利益算計作為故事發展動力與情愛婚姻的內核，戀愛婚姻在張愛玲的作品中就是一場場男女之間的冷靜理智的博弈，結果是勝負輸贏，這成為張愛玲婚戀小說的一個不變的書寫模式。這樣的關係中，感情變得次要，根本沒有辦法指責哪一方是自私的，哪一方是受害者。男性也好，女人也好，都只是

各自為自己謀算，算計對方，男人要的是歡樂，女人要的是長期飯票。但這也成為她筆下人物受到指責和詬病的原因所在：他們竭力追求物質和金錢，婚姻愛戀只是享樂和尋求安穩的手段。這些人極度自私、冷漠，家人朋友戀人之間沒有感情，人生變得毫無意義。最早對此提出批評的是傅雷，他在《論張愛玲的小說》中讚揚了《金鎖記》，將其稱為「最完美」〔註2〕之作後，轉而批判《傾城之戀》：「因為是傳奇（正如作者所說），沒有悲劇的嚴肅、崇高和宿命性；光暗的對照也不強烈。因為是傳奇，情慾沒有驚心動魄的表現。幾乎占到二分之一篇幅的調情，盡是些玩世不恭的享樂主義者的精神遊戲：儘管那麼機巧、文雅、風趣，終究是精練到近乎病態的社會的產物」〔註3〕。批評完《傾城之戀》後，傅雷對張愛玲的小說進行了一個全面總結：「戀愛與婚姻，是作者至此為止的中心題材；長長短短六七件作品，只是 variations upon a theme。遺老遺少和小資產階級，全都為男女問題這噩夢所苦。噩夢中老是淫雨連綿的秋天，潮膩膩的，灰暗，骯髒，窒息與腐爛的氣味，像是病人臨終的房間。煩惱、焦急、掙扎，全無結果。噩夢沒有邊際，也就無從逃避。零星的折磨，生死的苦難，在此只是無名的浪費。青春、熱情、幻想、希望，都沒有存身的地方。川嫦的臥房、姚先生的家、封鎖期的電車車廂，擴大起來便是整個的社會。一切之上，還有一隻瞧不及的巨手張開著，不知從哪兒重重地壓下來，要壓癟每個人的心房。這樣一幅圖畫印在劣質的報紙上，線條和黑白的對照迷糊一些，就該和張女士的短篇氣息差不多……有時幽默的分量過了分，悲喜劇變成了趣劇。趣劇不打緊，但若沾上了輕薄味（如《琉璃瓦》），藝術就給摧殘了」〔註4〕。傅雷批評的是張愛玲小說缺乏人文關懷和批判意識，沒有嚴肅的人生態度和積極的價值取向，只有渾渾噩噩的人們對生命毫無意義的揮霍和消耗。張愛玲很快對此做出回應，在《自己的文章》中她這樣寫道：「我以為人在戀愛的時候，是比在戰爭或革命的時候更素樸，也更放恣的……只是我不把虛偽與真實寫成強烈的對照，卻是用參差的對照的寫法寫出現代人的虛偽中有真實，浮華之中有素樸，因此容易被

〔註2〕傅雷：《論張愛玲的小說》，《張愛玲的風氣：1949 年前的張愛玲評說》，山東畫報出版社 2004 年版，第 9 頁。

〔註3〕傅雷：《論張愛玲的小說》，《張愛玲的風氣：1949 年前的張愛玲評說》，山東畫報出版社 2004 年版，第 10 頁。

〔註4〕傅雷：《論張愛玲的小說》，《張愛玲的風氣：1949 年前的張愛玲評說》，山東畫報出版社 2004 年版，第 13 頁。

人看作我是有所耽溺，流連忘返了。」〔註5〕她的意思是不加修飾地表現筆下的人物，原本地展示即可，不需要去思考他們該怎麼辦，他們的出路在哪裏。這一點上她和同時期巴金對《寒夜》中的曾樹生、丁玲對《我在霞村的時候》中貞貞的同情有所不同，即使是蕭紅在炮火硝煙與重病中寫《呼蘭河傳》，也能讀出一絲暖意。

《沉香屑 第一爐香》，喬其喬與葛薇龍經由梁太太介紹，開始了一場關於婚姻和情愛的博弈與計算，葛薇龍最終如願得到婚姻，而喬其喬被說服的理由是：

> 我看你將就一點罷！你要娶一個闊小姐，你的眼界又高，差一些的門戶，你又看不上眼。真是幾千萬家財的人家出身的女孩子，驕縱慣了的，哪裏會像薇龍這麼好說話？處處地方你不免受了拘束。你要錢的目的原是玩，玩得不痛快，要錢做什麼？當然，過了七八年，薇龍的收入想必大為減色。等她不能掙錢養家了，你盡可以離婚。在英國的法律上，離婚是相當困難的，惟一的合法的理由是犯奸。你要抓到對方犯奸的證據，那還不容易？〔註6〕

故事的尾聲，喬其喬與葛薇龍一同去逛新春廟會，滿街亂糟糟的花炮點燃了薇龍的後衣襟，喬對她說：「喂，你身上著了火了！」並將火星踩滅。二人繼續前行，喬其喬得意地問道：「我從未對你說過謊，是不是？」葛薇龍歎息，因為喬對自己連欺騙的心都沒有，他將哄騙的愉悅留給了別的異性。此刻，薇龍看見的天空也是她的心境：

> 頭上是紫魆魆的藍天，天盡頭是紫魆魆的冬天的海，但是海灣裏有這麼一個地方，有的是密密層層的人，密密層層的燈，密密層層的耀眼的貨品——藍瓷雙耳小花瓶；一卷一卷的蔥綠堆金絲絨；玻璃紙袋，裝著「吧島蝦片」；琥珀色的熱帶產的榴蓮糕；拖著大紅穗子的佛珠，鵝黃的香袋；烏銀小十字架；寶塔頂的大涼帽；然而在這燈與人與貨之外，有那淒清的天與海——無邊的荒涼，無邊的恐怖。她的未來，也是如此——不能想，想起來只有無邊的恐怖。

〔註5〕 張愛玲：《自己的文章》，《張愛玲作品精選》，伊犁人民出版社 2000 年版，第 156～157 頁。

〔註6〕 張愛玲：《沉香屑 第一爐香》，《張愛玲文萃》，文化藝術出版社 2001 年版，第 95 頁。

她沒有天長地久的計劃。只有在這眼前的瑣碎的小東西裏，她的畏
縮不安的心，能夠得到暫時的休息。〔註7〕

最經典的是《傾城之戀》中白流蘇的婚戀傳奇。當她再次由上海來到香
港，淪為范柳原的情婦已成定局，可哪裏想到一場戰爭，卻成全了她與范柳
原的婚姻。她在男女關係中的博弈已然敗下陣來，成為棄婦，范柳原佔有了
她之後準備去英國，可戰爭阻止了他的行程，亂世中所剩的唯有自己的這條
命而已。如果說前半段，范柳原與白流蘇的博弈寫得華麗，那麼後面范、白
的結合則顯得蒼涼。蒼涼是亂世的蒼涼，生命的蒼涼。成就「現世安穩、歲月
靜好」的一紙婚約的不是感情，而是亂世戰爭中個人對命運把握的無力感。
這一點，《傾城之戀》中說的相當清晰：

香港的陷落成全了她。但是在這不可理喻的世界裏，誰知道什
麼是因，什麼是果？誰知道呢，也許就因為要成全她，一個大都市
傾覆了。成千上萬的人死去，成千上萬的人痛苦著，跟著是驚天動
地的大改革……傳奇裏傾國傾城的人大抵如此。〔註8〕

《色·戒》也是一個例子。看似王佳芝在與易先生的博弈中，王佳芝最
終失敗了還搭上了命，易先生感傷之餘暗自慶幸自己是最終的獲勝方，得意
於「她還是真愛他的」〔註9〕。「雖然她恨他，她最後對他的感情強烈到是什
麼感情都不相干了，只是有感情。他們是原始的獵人與獵物的關係，虎與倀
的關係，最終極的佔有。」〔註10〕這最後的描述，不禁讓我們再一次看到了
這樣的「蒼涼」。這不是生死分離的大事，而是戰爭年代與外界隔絕的上海這
座城市中一切不由自己掌握，個人生命脆弱與渺小、卑微與怯弱的蒼涼。

這樣的男男女女，各有自己的「蒼涼」境遇。這一點上，胡蘭成可以說
是最瞭解張愛玲的，他一語中的指出了張愛玲筆下的這些人，都是些「頹敗」、
「生命之火」、「已經熄滅」的人，因為怯弱，所以是「淒涼」的。〔註11〕

淪陷區的上海，戰爭的陰影無處不在，人們無可遁逃，又無可附著，絕

〔註7〕 張愛玲：《沉香屑 第一爐香》，《張愛玲文萃》，文化藝術出版社 2001 年版，
第 96 頁。
〔註8〕 張愛玲：《沉香屑 第一爐香》，《張愛玲文萃》，文化藝術出版社 2001 年版，
第 44 頁。
〔註9〕 張愛玲：《張愛玲經典作品集》，北嶽文藝出版社 2000 年版，第 275 頁。
〔註10〕 張愛玲：《張愛玲經典作品集》，北嶽文藝出版社 2000 年版，第 276 頁。
〔註11〕 胡蘭成：《論張愛玲》，《張愛玲的風氣：1949 年前的張愛玲評說》，山東畫報
出版社 2004 年版，第 25 頁。

望的情緒與生之憂患深深根植在每一個人的生活之中。戰爭與淪陷使一切變得荒誕和艱難，生存的本能成為意義的全部。在這座城市生活的人們，上至達官貴人下至市井百姓，無一不是二等公民。無論是愛國者還是芸芸眾生，均感染上末世情緒是不難想見的。而與蒼涼相對應的「華麗」，相應地也變得好理解了：末世中找不到出路，所以上層的人及時行樂、尋求快活，如范柳原之流，高級舞會、餐廳、牌局中官太太醉生夢死，而下層的人則喧鬧紛雜，爭吵度日。每部小說、每個人物的「蒼涼」與「華麗」固然有所不同，但都是在戰火連天、看不到出路與希望的城市的「蒼涼」與「華麗」這個底色中上演的。可以說，這座城市在張愛玲筆下既是現代的也是世俗的，既是華麗的也是灰暗的。張愛玲沒有去修改這一切，既沒有懷著批判的目光，也沒有報以關懷的眼神，而只是與上海故事裏的角色一一相遇、相交，成就了屬張愛玲個人化的 40 年代的一段傳奇。

二、卻道只是在夢境裏：張愛玲小說的歷史感

「安穩」與「樸素」是張愛玲抱持的寫作態度，她說：「人生安穩的一面則有著永恆的意味，雖然這種安穩常是不完全的，而且每隔多少時候就要破壞一次，但仍然是永恆的。它存在於一切時代。」〔註12〕如果說「安穩」是她筆下時代生活的根本特質，那麼「樸素」則指她對筆下人物的描繪方式了：「我喜歡樸素，可是我只能從描寫現代人的機智與裝飾中去襯出人生的樸素的底子。」〔註13〕這些話更加印證了張愛玲作品裏的時間凝止，缺乏時代氣息，人們似乎活在鏡像或者夢境裏終日惶惑。

《傾城之戀》中有這樣一段：

> 白天這麼忙忙碌碌也就混了過去。一到晚上，在那死的城市裏，沒有燈，沒有人聲，只有那莽莽的寒風，三個不同的音階，「喔……呵……嗚……」無窮無盡地叫喚著，這個歇了，那個又漸漸響了，三條駢行的灰色的龍，一直線地往前飛，龍身無限制地延長下去，看不見尾。「喔……呵……嗚……」叫喚到後來，索性連蒼龍也沒有了，只是一條虛無的氣，真空的橋樑，通入黑暗，通入虛空的虛空。

〔註12〕張愛玲：《自己的文章》，《張愛玲作品精選》，伊犁人民出版社 2000 年版，第 154 頁。

〔註13〕張愛玲：《自己的文章》，《張愛玲作品精選》，伊犁人民出版社 2000 年版，第 157 頁。

這裡是什麼都完了。剩下點斷堵頹垣，失去記憶力的文明人在黃昏
中跌跌蹌蹌摸來摸去，像是找著點什麼，其實是什麼都完了。〔註14〕

這樣的描寫在張愛玲作品中還有很多。在炮火與寧靜的交替中，生活一
成不變，時空靜止，看不到任何歷史劃過的痕跡，似乎把它安放進任何年代
的背景裏都是可以的。其實，這種看法並不準確。歷史感，不能孤立地、靜態
地去看，而是要放到長時段的歷史中才能被真切地感知到，因為有些人物與
風景不是本著飛揚的姿態直白地講訴時代的動盪。要把捉到這類人和事的歷
史氣息，最直觀的辦法就是放到新文學以來的「偌大」的文壇中，順著年代
往下看，方才能發現其身上不可替代的歷史特質。

不妨來比較一下30年代幾位作家對於上海的描繪。茅盾在《子夜》開頭
有一段文字：

太陽剛剛下了地平線。軟風一陣一陣地吹上人面，怪癢癢的。
暮靄挾著薄霧籠罩了外白渡橋的高聳的鋼架，電車駛過時，這鋼架
下橫空架掛的電車線時時爆發出幾朵碧綠的火花。從橋上向東望，
可以看見浦東的洋棧像巨大的怪獸，蹲在暝色中，閃著千百隻小眼
睛似的燈火向西望。叫人猛一驚的，是高高地裝在一所洋房頂上而
且異常龐大的 NEON 電管廣告，射出火一樣的赤光和青磷似的綠
焰：LIGHT，HEAT，POWER！這時候——這天堂般五月的傍晚，
有三輛一九三〇年式的雪鐵籠汽車像閃電一般駛過了外白渡橋，向
西轉彎，一直沿北蘇州路去了。〔註15〕

穆時英的《夜總會裏的五個人》，寫30年代的上海：

厚玻璃的旋轉門：停著的時候，像荷蘭的風車；動著的時候，
像水晶柱子。五點到六點，全上海幾十萬輛的汽車從東部往西部衝
鋒。可是辦公處的旋轉門像了風車，飯店的旋轉門便像了水晶柱子。
人在街頭站住了，交通燈的紅光潮在身上泛濫著，汽車從鼻子前擦
過去。水晶柱子似的旋轉門一停，人馬上就魚似地游進去。……紅
的街，綠的街，藍的街，紫的街……強烈的色調化裝著都市啊！霓
虹燈跳躍著——五色的光潮，變化著的光潮，沒有色的光潮——泛
濫著光潮的天空，天空中有了酒，有了燈，有了高跟兒鞋，也有了

〔註14〕張愛玲：《傾城之戀》，《張愛玲文萃》，文化藝術出版社2001年版，第41頁。
〔註15〕茅盾：《子夜》，長江文藝出版社2010年版，第1頁。

鐘……〔註16〕

可以看出，在 30 年代現實主義和現代派作家的筆下，上海是飛揚的，充斥著現代化的欲望。當時間流轉到了 40 年代，在張愛玲筆下，上海依舊現代，仍然摩登，但 30 年代的異化的、光怪陸離的光影暈染下的城市氣息，經歷了十年多，已經變得接地氣，飛揚的、異化的欲望為一種世俗化的、安穩的生活欲望所替代：

> 街上值得一看的正多著。黃昏的時候，路旁歇著的人力車，一個女人斜簽坐在車上，手裏挽著網袋，袋裏有柿子。車夫蹲在地下，點那盞油燈。天黑了，女人腳邊的燈漸漸亮了起來。……寒天清早，人行道上常有人蹲著生小火爐，扇出滾滾的白煙。我喜歡在那個煙裏走過。煤炭汽車行門前也有同樣的香而暖的嗆人的煙霧。〔註17〕
>
> ……
>
> 有一天晚上在落荒的馬路上走，聽見炒白果的歌：「香又香來糯又糯」，是個十幾歲的孩子，唱來還有點生疏，未能朗朗上口。我忘不了那條黑沉沉的長街，那孩子守著鍋，蹲踞在地上，滿懷的火光。〔註18〕

在對照中，不難看到異化變形、燈光幻影的摩登天堂是 30 年代上海的歷史，而依然時尚且帶著油香煙霧氣息的日常世俗生活則是屬 40 年代的上海。

張愛玲的美學風格，恰恰表現出了屬她的時代感。她作品裏沒有太多的硝煙戰爭，只有像《傾城之戀》、《封鎖》、《等》、《色戒》等為數不多幾部小說側面涉及到戰爭的痕跡，但是對時代的表現有時並不需要飛揚的濃墨重彩，它還可以用另一種安靜樸素的類似白描的方式來呈現，這種方式可以理解為張愛玲所說的亂世下安穩的一面。

正是借助這樣一種凝止的時空環境，無處遁逃的困境和地老天荒的永恆，張愛玲的作品表現出戰時狀態下上海市民的普遍心境：現實是黯淡的，看不到未來，不可逃避，又無處附著，本能的生存欲望使他們對生之一切斤斤計較，冷酷無情。這不是一兩個特定的人物的心境，而是大眾群體的整體寫照：

〔註16〕穆時英：《上海的狐步舞》，親世紀出版社 1998 年版，第 82～84 頁。

〔註17〕張愛玲：《自己的文章》，《張愛玲作品精選》，伊犁人民出版社 2000 年版，第297 頁。

〔註18〕張愛玲：《自己的文章》，《張愛玲作品精選》，伊犁人民出版社 2000 年版，第310 頁。

> 全上海死寂，只聽見房間裏一隻鐘滴答滴答走。蠟燭放在熱水
> 汀上的一塊玻璃板上，隱約照見熱水汀管子的撲落，撲落上一個小
> 箭頭指著「開」，另一個小箭頭指著「關」，恍如隔世。今天的一份
> 小報還是照常送來的，拿在手裏，有一種奇異的感覺，是親切，傷
> 鋤。就著燭光，吃力地讀著，什麼郎什麼翁，用我們熟悉的語調說
> 著俏皮話，關於大餅、白報紙、暴發戶，慨歎著回憶到從前，三塊
> 錢叫堂差的黃金時代。這一切，在著的時候也不曾為我所有，可是
> 眼看它毀壞，還是難過的——對於千千萬萬的城裏人，別的也沒有
> 什麼了呀！

這一段寫精彩描寫，把人們戰後餘生的慌亂、絕望的心境，融化在了對日常生活的素描和「滴嗒滴嗒」的鐘聲裏。

有人曾拿張氏的作品與同樣是海派作家的王安憶的作品如《長恨歌》進行比較，認為張愛玲的作品偏於世俗化，《長恨歌》更具有歷史感一些。王安憶筆下的王琦瑤們敢愛敢恨，與命運抗爭，張愛玲小說中的白流蘇之流只會在算計之後感受到時代給了她們機會後的虛空。這樣理解仿似有些道理，但是細想之下，卻有失公平。張愛玲寫的是同時代的、感同身受的上海生活與正在發生的故事，而《長恨歌》則是有了較長歷史流年後的想像。世俗化也好，歷史感也罷，自然是無法一較長短的。張愛玲曾經這樣解釋過白流蘇一類的女性：

> 圍城的十八天裏，誰都有那種清晨四點鐘的難挨的感覺——寒
> 噤的黎明，什麼都是模糊，瑟縮，靠不住。回不了家，等回去了，
> 也許家已經不存在了。房子可以毀掉，錢轉眼可以變成廢紙，人可
> 以死，自己更是朝不保暮。像唐詩上的「淒淒去親愛，泛泛入煙霧」，
> 可是那到底不像這裡的無牽無掛的虛空與絕望。人們受不了這個，
> 急於攀住一點踏實的東西，因而結婚了。〔註19〕

張愛玲在此表現出對於筆下人物並不多見的「忍不住」的一點關懷，但這僅只針對流蘇或者流蘇一類在婚戀中的女性嗎？答案顯然是否定的。她寫的原是淪陷後上海世俗市民帶有普遍性的一種精神狀態。也有人說張愛玲的作品裏只有市井百態，沒有家國情懷，是不是可以據此來說張愛玲的作品就

〔註19〕張愛玲：《自己的文章》，《張愛玲作品精選》，伊犁人民出版社 2000 年版，第
289 頁。

不具有歷史感？這一點我們在前面也已經做出了否定的回答。

　　張愛玲對她筆下的人物不做干預，寫完就罷，任由他們自生自滅，既不指責也不施以同情，是基於一種深深的理解。她是深深地理解和懂得了流蘇和流蘇一類人物在時代中的心境，因此用一種樸素的、不是懷揣美好願望的心態去寫，寫出了他們的困境、他們灰撲撲的人生和他們的無可奈何，連同《燼餘錄》中的她自己，一同做出最樸素、直接的呈現。這種戰爭中生的艱辛與不易，非親歷者不易懂得，也非親歷者很難寫出，但也正「因為懂的，所以慈悲」，所以她也有忍不住要跳出來為這些人物做點辯解的衝動。從這個意義上說，張愛玲寫出的便是那個時代和城市中的人的委屈與哀傷，人物身上呈現的是軟弱的凡人式的而並非英雄式的歷史力量和質感。基於人物的寫法，可以看到張愛玲對 40 年代上海的深層次的歷史觀照：淪陷的城市，生活在繼續，安穩是人生的底子，而這個安穩的底子在 40 年代的上海是夢境裏的奢侈品；夢境華麗，但隨時有可能從夢境落入無力的現實。這就是 40 年代淪陷區的上海城市與上海人的底色與歷史感。

三、天時地利的神秘：人和城的「慈悲」

　　張愛玲小說中的人物沒有一個是幸福的、強大的、有信仰的，他們同時兼備「蒼涼」與「華麗」兩種特質，他們只屬淪陷時代的上海。「蒼涼」與「華麗」，同時也是這座城市的氣質，可以說是作家氣質與城市遇合的一個結果。如果在和平年代，肯定會是另外的寫法，白流蘇也就不再是白流蘇，當然也就沒有張愛玲與她的文章了。

　　沿著這個思路，那麼我們可以再問一句：什麼才是幸福？信仰何來？其實對比之下，就很容易給出解答。同一時期的解放區和國統區，各方面的條件都遠不及摩登的上海，但是解放區、國統區的文藝作品和張愛玲的小說，風格與人物的心態卻有著極大的差別，反映的是不同地域中生活的人他們精神風貌上的差異。為什麼張愛玲寫不出丁玲的《太陽照在桑乾河上》和巴金的《寒夜》那樣具有精神向度的作品？不需贅言，與作家本人有著重要聯繫，但是與作家生活的時代及地域更具密切的關聯。「解放區的天，是明朗的天；解放區的人民好喜歡。」解放區的軍民生活在「明朗」的天空下，生活艱苦，但信仰堅定，對前途懷著高度信心，而且這信心又是聯繫著國家和民族命運的，所以即使是「小資產階級知識分子」，也會在這熱火朝天的行進隊伍中受

到感染，放下思想包袱，拿起文學的武器匯入到人民爭取勝利的偉大鬥爭中去，寫出歡快的作品。國統區的情況當然要複雜得多，但國統區的民主文藝在精神上是左翼文學傳統的延續。國統區的民主作家，追求進步、關心國家和民族命運，而對現實的混亂和國民黨政府當局的表現懷著強烈不滿，所以他們批判社會，揭露黑暗，同樣有著明確的政治態度，表現出強烈的使命感。只有張愛玲，因其舊式大家庭的出身，看到了太多繁華落盡後的斑駁落離，年紀輕輕卻遭受了人世的落寞，所以她不關心政治，只關心「出名要趁早啊」，才在一個淪陷後的混沌環境中展示出了她特殊的藝術才華，讓人驚歎，也頗受非議。即使拿她與後來的王安憶比，同樣寫上海，張愛玲的白流蘇與王安憶的王琦瑤也是不一樣的。王琦瑤更接近張愛玲說過的英雄式的人物，敢愛敢恨，英勇果決，而白流蘇只不過淪陷城市中一個卑微的普通人，在不能把握自己的命運中喜憂交織。如果說王琦瑤們是飛揚的，那麼白流蘇們則是蒼涼的。

　　這種「蒼涼」屬張愛玲筆下的人物，也是她個人的氣質，更是一個時代中城市的文化特質。就像本文開篇提到的，香港的淪陷，給了白流蘇機會；而上海的淪陷，則給了張愛玲機會。她得到了這樣的機會將城與人的「蒼涼」寫得淋漓盡致，為後來的研究者們津津樂道。這是愛情婚戀的蒼涼，也是生命本體的蒼涼。「蒼涼」的筆致，似乎除了張愛玲以外，無人能夠企及。張愛玲沒有多少家國情懷，從小就浸淫西方文化，有著鮮明的自由個性意識。但是我們在這裡想指出的是，無論是她的家庭、經歷、所見所聞還有她的過人才情與感情世界，都只是一些重要的元素，這些重要的元素只有放在上個世紀40年代淪陷區的上海才會發生奇妙的化學反應，張愛玲才會成為張愛玲。

　　經歷過戰爭的人才能更好的理解戰爭和生命，炮火從頭頂飛嘯而過和憑藉想像儘量去貼近這樣的生命，感受完全兩樣。明白這一點，才能更好地理解張愛玲為什麼不用心理慰藉的邏輯來寫人，也不去設計他們的未來，她只寫她看到的和經歷著的人生，既不施以同情，也不加以批判，喜歡的人將其稱之為「荒蕪美學」，不喜歡的人斥之為世俗市井。那是因為她懂得這個時代和城市中的人們生的艱辛與委屈，才這樣樸素地寫，不加修飾地寫，要寫出他們的蒼涼與華麗。她在懂得中與城市、城市中的人相遇、相知和相惜。

　　正是在這樣的寫作中，張愛玲的文學氣質與淪陷後城市的氣質奇妙地結合了，個人的「蒼涼」與「華麗」的美學風格遇合了淪陷區中市民讀者的心

境，儘管寫的是別人的故事，但是道出了他們的內心感受。作家、讀者與城市產生了共鳴，成就了 40 年代的張愛玲。所以說，張愛玲在 40 年代的淪陷區上海如此成功，與時代給她提供的機遇有關，與她過人的才情天賦有關，與當時淪陷中的城市市民閱讀興趣有關，但是最根本的還是她的創作契合了一個特定時空下的城市氣質與市民普遍的生活與心境，彼此認同，相互接納，達成默契。而時移物易，儘管張愛玲的才情不改、一如往昔，文筆甚至更加純熟老辣，當遠離了和她相知相惜的這座城市，她曾經的高度就不能復現了。

　　張愛玲寫盡了上個世紀 40 年代的上海，40 年代的上海也成全了張愛玲的都市傳奇，這是作家和城市之間的「懂得」和「慈悲」。對於張愛玲來說，這種懂得與悲憫是天時地利與人和的機緣契合，無可複製，也無從取代。而在後來者看來，年輕的張愛玲從她的舊式世家的落敗中領悟到的人生體驗和從機緣湊巧中養成的對末世情調的那份敏感，不關心政治的博弈和民族的抗爭，只看重人生的離合與亂世的悲哀，專寫所謂的飲食男女，這使她一度遭受從政治出發的非議和批評，但張愛玲還是張愛玲。傳奇也好，才女也罷，當政治的風雲散去，她在作品中為人們留下的是一份充滿無奈卻又不失某種溫情的記憶。她寫的那樣透徹、那樣決絕，看似無情卻有情，表達的是亂世男女的掙扎和人性歎息。它像一面鏡子，讓後來的人看到了歷史離亂的一面以及人間萬象，或許也可以從中看清自己的前世和今生！〔註20〕

　　載《貴州社會科學》2015 年第 7 期，原題《城與人的偶合：淪陷區上海與張愛玲的創作》。

〔註20〕本文與陳昶合撰。

《色·戒》從小說到電影的話語轉換

　　人們關注《色·戒》，卻往往忽略了其中深藏的性別意識及其背後的政治權力，而這種性別意識和政治權力表現在張愛玲筆下和李安的鏡頭下，又演繹出各自的多樣性觀念。《色·戒》的故事取材於 20 世紀 30 年代發生在上海的鄭蘋如暗殺丁默邨案。小說也好、電影也罷，《色·戒》其實就是「色」與「戒」之間巧妙的交叉支撐起了文本的整個框架，商業化電影模式的外表下裝的依舊是張愛玲筆下的舊上海。時尚與歷史的融合，使小說和電影有了多重解讀的空間。也正是在小說與電影、紙張與銀幕、平面與立體的觔籌交錯中，文本的意義得到了不同角度的呈現。

一、蒼涼冷峻：張愛玲的書寫

　　張愛玲秉承了她一貫的敘事風格，冷眼旁觀、尖刻刁鑽。張愛玲是駕馭文字的高手，善於捕捉生活瑣事中的細枝末節，並將它們凝聚成不露痕跡的象徵性意象。《色·戒》是張愛玲中後期的作品，這時的她成熟世故，深諳生活的真諦。她精雕細琢了整整 25 年，小說才於 1978 年 4 月 11 日在臺灣《中國時報·人間》上發表，自然是精品中的精品。

　　作品雖短，卻字字璣珠，張愛玲的老辣和尖銳都淹沒在字裏行間。她用一場牌局串聯起整個故事，兩位主角在牌桌前後隱現，間斷性的穿插與倒敘的情節，將時間的序列剪碎打亂，不斷地製造閃回，讓人產生一種時空的凌亂感。她將相關情節的文字一再精簡，以致於幾乎無法使人準確理清作者想要敘述的故事原貌。張愛玲在文字背後隱藏了太多的情緒，她慣用的手法就是在情節轉承的關鍵處一筆帶過，使人目不暇接。而在作品的細節處用筆極

深，從妝容到衣著，從室內裝飾到街景店鋪，從心理描寫到神態展現，張愛玲都將文字之華美與精細發揮到極致，彷彿將情節與心緒都揉碎了，沉澱進文字裏，用時間定格的手法營造出有如電影特寫鏡頭般的效果。

　　愛情向來是張愛玲小說的主題，她善寫機關算盡的男女關係，但在她筆下卻絕少有稱得上完美的純粹愛戀，在愛情的外衣下，往往包含了一份濃鬱的市井氣息和猜疑特質。無人配擁有完美的愛情，因為無人擁有純粹的心緒。《傾城之戀》也好，《十八春》也罷，世間的女子都善於算計與謀生，因此張愛玲筆下的愛情，往往多了份蒼涼，少了幾分唯美。

　　有人說《色·戒》寫的是張愛玲自己的故事，她將與胡蘭成的愛情不露聲色地注入文本之中，處處藏匿，卻又時時呼之欲出。究其原因，易先生的漢奸身份和胡蘭成的漢奸身份這一共同點是引發爭議的癥結所在，而小說中涉及的敏感身份也似乎帶有胡蘭成的影子。對於胡蘭成，張愛玲用盡一生似乎都無法跨越，以至到晚年寫出回憶性的小說《小團圓》時，這段戀情仍舊在她的記憶裏揮之不去。由此可見，胡蘭成對她的影響是巨大的，這是她第一次將自己的全部身心交給一個男人，並且交付得如此徹底，所以回過頭去看那傷害才會顯得那樣刻骨銘心。

　　小說《色·戒》中有這樣一段話，可謂站在易先生的角度道出了一些苦澀的蒼涼：「他對戰局並不樂觀。知道他將來怎樣？得一知己，死而無憾。他覺得她的影子會永遠依傍他，安慰他。雖然她恨他，她最後對他的感情強烈到是什麼感情都不相干了，只是有感情。他們是原始的獵人與獵物的關係，虎與悵的關係，最終極的佔有。她這才生是他的人，死是他的鬼。」[註1]這段描寫頗有一種曠世之戀的意味，也使得這段由「色誘」起、由「真情」終的愛情得到了某種昇華。

　　小說對易先生的描寫著墨不多，也僅僅是簡單的幾筆勾畫出的一個模糊的形象：「人像映在那大人國的鳳尾草上，更顯得他矮小。穿著灰色西裝，生得蒼白清秀，前面頭髮微禿，褪出一隻奇長的花尖；鼻子長長的，有點『鼠相』，據說也是主貴的。」易先生就是這樣身材矮小，一臉鼠相的男人形象。然而，故事的結尾：「喧笑聲中，他悄然走了出去。」寥寥數筆，寫盡一個男人的無奈與亂世之中的蒼涼感。沒有人能夠理解他，沒有人能夠真心對他——在這樣的亂世之中，特別是處在他這樣特殊的位置之上——所以，他的深

〔註1〕張愛玲：《色戒》，北京十月文藝出版社2007年版，第273頁。

刻是簡單的刻畫中被營造出來的一份歡惋和無奈。

　　小說著墨最多的要數王佳芝。與易先生的厚重和深刻相比，王佳芝的形象明顯膚淺許多，甚至近乎愚蠢。自始至終，她都不過是一枚棋子，且在一種無有目標的身心耗費中葬送掉年輕的生命。學生的愛國行動不過是鄺裕民他們的，而她只是一個演員，一個劇團中的臺柱子，一個稚嫩色誘行動的魚餌，她不知該去往哪裏，因此對人也沒有信任可言。況且這個行動進行到一半的時候，進退維谷的她突然發現原來這一切都是一個陰謀，而她是惟一的受害者。這樣無謂的獻身在她身上毫無崇高可言：崇高是別人的，她對自己的行為只感到可笑和愚蠢。因此，她迫切地想結束這場行動，擺脫這種有些荒誕而又危險重重的生活。表面上看是轟轟烈烈、周密謀劃的刺殺行動，到頭來不過成了幾個學生的鬧劇，結果自然是以失敗告終。老吳和許都早早地跑掉了，丟下了空有一腔熱血的稚嫩的學生。

　　然而，正是在這一厚一薄，一深刻一膚淺的對比之中，流露出了張愛玲獨到的性別意識。易先生和王佳芝的情慾關係始終沒有挑明，但卻像一根紅線貫穿文本始終。張愛玲沒有用一字一句寫出二人的性關係，但恰恰是在這種極端克制的敘述中，情慾獲到了最大程度的張揚。情慾的張力像一隻手，牢牢扼住了王佳芝的喉嚨。這就是張愛玲的敘事，帶有鮮明的張氏印跡。她用冷峻的筆觸和蒼涼的文字道出了一段情與愛的悲劇，更通過細膩的技巧，將個人記憶與宏大的政治敘事融為一體，突出了在特定歷史背景下人性的複雜和女性自我救贖的幻滅。她彷彿布下了一個文字的魔障，使故事在文字中消融，又繼而昇華了。

二、再現與超越：李安的影像表達

　　李安的《色·戒》是對張愛玲原著基於忠實基礎上的超越，他不是在講張愛玲的故事，而是在講李安的故事。在電影中，他加入了很多個性化的元素，使之與原著區別開來，而這也是他成功的關鍵所在。

　　李安對於原著的再現是一種尊重歷史的影像重寫。他花很大的工夫在細節上做足文章，希望站在當代，以回望者的姿態審視那段歷史，重現舊上海的風貌，以展現一種濃鬱的歷史情懷。他斥鉅資重建了 20 世紀 40 年代日偽統治時期的南京西路，完全忠實於小說中提到的商鋪、街景，甚至連街上的黃包車車牌、王佳芝拿的手提箱、擦的香水以及最重要的 6 克拉鴿子蛋鑽戒

都嚴格比照原著。借用古董做道具，還原出的是一個原汁原味的上海。這種還原無疑讓故事背後的懷舊氣息凸顯出來，也為觀眾提供了一種身臨其境、感同身受的畫面感。

不同於張愛玲的淒涼滄桑，李安試圖在這個注定悲劇的故事中盡可能多地加入一些溫情。因此，在畫面的處理上，他更傾向於製造曖昧與溫暖的感覺，因而選用更加朦朧溫柔的燈光來加強光影的對比。為了製造出盡可能輕柔的燈光，影片中出現了大量的黑暗背景來造成強烈的對比。這種溫情敘述與李安對作品的理解有關，歸根到底又與李安自身的性格有關。

與刻薄刁鑽、冷眼視眾生的沒落貴族張愛玲不同，李安為人謙和，深受東方文化和儒家思想的薰陶，為人處世最講求中庸和協調；同時他又深受西方文化的影響，平等、自由和民主等西方思想給這個傳統的東方人帶來了很大的衝擊。因而在處理同一題材時，本性溫和的李安希望在這個原本冷冰冰的文本裏多注入一些對人性的憐憫。對人性和社會關係的挖掘是李安作品一以貫之的探索，從《喜宴》到《臥虎藏龍》，再到為他贏得奧斯卡最佳導演獎的《斷背山》，以及在《色·戒》之後完成的《少年派的奇幻漂流》，都能找到一種李安模式。這些作品都旨在挖掘不同時代、不同社會、不同人種和性別中的人性真實，《色·戒》是其中突出的一部。

李安的溫情，表現在王佳芝身上就是強調「真愛無罪」。張愛玲小說中的王佳芝，虛榮、單純，甚至傻氣，自始至終被「組織」操控和戲耍，而後來在珠寶行，在暗殺的關鍵時刻，她看著手中 6 克拉的鑽戒，加上易先生有些落寞的神態，便突然意識到「他是真愛我的」，虛榮心在這一刻發揮了決定性的作用。張愛玲的故事是一個虛榮的女大學生的愛國心被人利用，而到了李安這裡，故事卻換了另一種面貌。

李安讓王佳芝愛上老易，並且無法抗拒。在珠寶行裏王佳芝悄聲對老易說「快走」，這是真愛的體現。李安的故事不再僅僅是「他是真愛我的」，而是加上了在這緊張到令人窒息的一刻，王佳芝幡然意識到原來「我是真愛他的」。這種溫情的鋪墊和渲染讓王佳芝在鏡頭下豐滿起來，實際上也在一種頓悟中完成了女性的自我認知。從最初那個不知道自己要什麼、盲目投身於革命的女學生，到如今清楚意識到「我是真愛他的」，這便是一個女性的成長。張愛玲那裡失敗了的女性自我救贖，在李安這裡成功了。

另一重溫情則是對易先生人物性格的挖掘。李安打破了人們對於漢奸的

既有觀念。梁朝偉扮演的易先生溫情脈脈，帶有一種引人憐惜的憂鬱與風流，又兼具儒雅紳士的男性魅力。易先生在原著中是沒有名字的，而在電影中，李安為他取名「易默成」，即丁默邨和胡蘭成的合體。故事的原型既有當年的鄭蘋如刺殺案，也有胡蘭成在張愛玲身上的投影。影片將這個漢奸身上的人性一面盡可能地挖掘出來，使之脫離了概念化的漢奸形象，成為一個豐滿的圓形人物。展現在熒屏上的不僅是他對於王佳芝的愛，更有他作為一名漢奸的恐懼、壓抑和變態。特工工作的變態要通過性得到釋放，而三場床戲又反過來使他完成了這種從緊張、壓抑到完全釋放的過程。

影片的最後，易先生坐在王佳芝住過的房間悵然若失，無力地、深情地撫摸著那個床單，在一個空蕩蕩的房間裏，懷念著這個永遠失去的戀人，一個永不復見的知己。顯而易見，在電影中，奉獻出感情的不止是女人，也有男人。為這段戀情犧牲掉的，不止是王佳芝，也有易先生。經過這次波折，易先生顯然已經失去了上級的信任，電影中那個情報人員把鴿子蛋戒指往他面前一放，輕輕道一句「你的鑽戒」，待易先生底氣不足地回答完「不是我的」後，迅即轉身離去。顯然，經歷了這段感情，易先生成了無力回天、救不回所愛的失敗者。在影片中，男女兩性都為愛作出了犧牲，也都變成了愛情的俘虜。

李安對於原著的豐富還體現在鄺裕民形象的塑造上。原著中只幾筆匆匆帶過的「愛國青年」鄺裕民，在電影中成了不折不扣的男二號。不同於張愛玲對革命青年的不屑態度，李安在鄺裕民身上寄託了很多關於青春熱血的理想。為此，李安加入了兩場香港大學和中學生社團的戲，凸顯出鄺裕民的有些傻裏傻氣的理想主義，單純地以為只要一齣美人計就可以幹掉一個漢奸特務頭子。他在舞臺上高呼著愛國主義的口號，卻全然不知其實他們不過是歷史和革命的一顆小小棋子。

在李安的鏡頭裏，溫情元素被次第加入。他試圖從張愛玲小說的故事中發掘出歷史深處的情懷，強化對人性的溫度和深度的展現。這成了影片的亮點，原也是李安電影最擅長之所在。

三、敘述話語的轉換及其意義

《色‧戒》存在著兩套話語系統，即大的政治話語和小的兩性話語。以「小政治」取代「大政治」，這是張愛玲和李安共同的敘述策略。這裡所指的

「小政治」，即男女兩性中的強弱關係與制約力量。二者皆在努力以性別政治取代宏大政治，將觀眾的關注點帶離敏感的政治和戰爭體系，從而引導到人性問題的層面。

對「色戒」片名的解讀似乎更能幫助我們讀懂文本的真實意圖。「色」和「戒」均是一種象徵性的用法。「色」既有色相、美色、性慾之意，又有佛家語中的「萬法」的意思，即一切有形制的萬物，對應《心經》中的「色即是空，空即是色」。表明美色和物慾是一種誘惑，也是一種幻想的破滅。而「戒」字一則表示一種防備和警戒，對社會關係的一種高度不信任；二則表示一種自我約束，出自佛家的「戒律」操守，即對精神和身體行為的一種極端克制和壓抑行為；三則具體指劇中的主要道具——鑽戒，無疑鑽戒對於情節具有強大的推動作用，也是情節的轉折點。「色」與「戒」這一對概念組合在一起，其實就是文本內核的高度概括。

張愛玲一向標榜自己的小說非關政治，事實上，以政治為大背景的《色·戒》也在試圖逃脫政治，將政治背景推到故事的底層，用細膩的女性心緒替代宏大敘事的可能。張愛玲的敘事站在女性視角，以王佳芝的行動和心理變化為主線貫穿小說，展現了一個女性從幼稚懵懂，到獻身革命，再到墜入情網，以致終於抵不過情慾和物質的雙重誘惑，最終走向毀滅的悲劇。悲劇性在於王佳芝的自我救贖之路是無果的，在獻身革命的過程中「不幸地」發現了自我，從而在小我與大我之間無助地抗爭，終於在一種近乎分裂的狀態中結束了一切。

小說中有兩重革命，一重是顯性的政治革命——進步青年暗殺漢奸行動；另一重是隱性的命運革命——王佳芝對自我的發現與救贖。這兩重革命交織成文本的骨架，人物的情感在雙重的革命中顛沛，大政治與小政治的交鋒不斷上演。而其根本目的是以大政治為背景，凸顯人物（尤其是王佳芝）的內心變化。王佳芝在懵懂中獻身革命，卻最終背叛了原初的信仰，選擇忠於自己的內心。從背叛革命到忠於本心，是一個女人的成長史，是以人性視角為評判標準的自我救贖。女性自我救贖幻滅的原因是複雜的，除了政治壓力與自我反抗的對立外，作者的情感態度和價值取向也直接導致了其筆下人物的滅亡。

如同張愛玲大多數的文本一樣，女人再怎樣掙扎也鬥不過男人，因為主導權力根本不在女人一邊，所以在張愛玲筆下，女人是永遠的完敗者，最終

難免遭到遺棄置之的命運。《金鎖記》中的曹七巧是如此,《沉香屑‧第一爐香》中的葛薇龍是如此,即便是《傾城之戀》中得到婚姻諾言的白流蘇也難逃此番命運。因此,在張愛玲筆下的男女二元對立是一種啟蒙與被啟蒙,主導與被動的對立關係。具體到《色‧戒》中亦是如此。小說把易先生塑造成身材矮小、一臉鼠相、冷酷無情的小人形象,將王佳芝定位於欲色誘男人反被男人色誘、欲獻身革命反被同伴戲弄的傻大姐形象。潛在文本即在宣示,只有這樣的傻女人才會愛上這樣拙劣的男人。對於文本中的男女,張愛玲都報以輕蔑鄙夷的態度,對易先生談不上美化,而對王佳芝頗有些恨鐵不成鋼,活活地該她受到這樣的玩弄,也活該為自己的自以為是付出代價。

在張愛玲的闡釋中,女性作為愛情的被啟蒙者,消極被動地發現了自我,同時,也無可挽回地迷失了自我。張愛玲隱性的情慾描寫是一種敘述策略,王佳芝的愛本能是隨著易先生對她性啟蒙的進行而喚醒的,或者這也可以稱得上是一種生命的成熟,可惜它來得不是時候,況且這份愛本能的喚醒又是以生命為代價的。作為啟蒙者的易先生主導了這段感情的全部。因此,在這對男女的關係中,權力是單向運行的,男性掌握權威話語。在與易先生的交往中,王佳芝融入了易先生所處的社會階層,不斷受到環境的腐蝕,在一個紙醉金迷的世界中,逐漸放棄了最初的信仰,以金錢衡量愛的重量。在她戴上價值 11 根金條的 6 克拉鑽戒時,忽然意識到:「這個人是真愛我的。」在暗殺行動的最後時刻,她選擇了背叛革命,忠於本心。悲劇的結局是注定的,王佳芝始終不能確定,自己究竟是不是真的愛過老易,「因為沒戀愛過,不知道怎麼樣就算是愛上了。」在她放走易先生的一瞬間,她是茫然的、無意識的,即便此刻,她也並不確定自己究竟是否愛他。對於自我內心的拷問,王佳芝是模糊的,張愛玲也給不出答案。

李安的改寫是徹底且大膽的,他的鏡頭站在男性的視角,以易先生的心理變化為主線貫穿電影始末,將一個漢奸特工的內心淋漓地展現於觀眾面前。易先生從最初的壓抑、謹慎,到放下防備,享用雲雨之情,再到敞開心扉,愛上王佳芝,最終在一種無限悵惋中永久地失去了這個一生難得的知己。電影的主題依然是悲劇性的,但這種悲劇性更多的體現在易先生身上,展現出亂世之中,一個身份特殊的男人的焦慮惶恐和孤獨沒落的心境,彷彿在這個世界上,孤獨是永恆的主題,而一切歡愉都不過是這漫漫孤旅中的一劑調味品。

易先生心境的變化具體體現在三場床戲之中,易先生從性虐的施與者變

為性虐的承受者，對王佳芝默許的放縱，代表了這種地位的置換。在這個過程中，不但是王佳芝放下了自己，易先生也放下了偽裝，以為在這個世界上，終於找到一個能真正懂他的女子，從而逃脫片刻的孤獨，享受著難得的輕鬆和愉悅。影片的最後王佳芝的刺殺行動暴露了，她被革命包裹的心也在鑽石房裏暴露無遺；而易先生失去的不止是偽軍的信任，也在心裏真心地痛過一回，為了失去一個他確曾付出真心的紅粉知己。這一點在張愛玲的筆下是尋不見蹤影的。

在張愛玲那裡天經地義的男性話語權力，到了李安這裡卻達成了某種分配。事實上，這種分配也才更符合人性的事實。三場床戲的安排達成了兩性互相放下、彼此征服的敘述策略，從而彌補了張愛玲缺失了的男性視角。在放下防禦的契機中，兩性的平等得以建立。男女之間的話語權力互動也在那充滿爭論的 8 分鐘裏得到詮釋。性愛場面的展現，除卻商業性的原因之外，對於情節的推動確實是必不可少、甚至錦上添花的。正是在三次激情戲的變化之中，男女兩性的俘獲悄悄發生著逆轉，並最終實現了話語權力的轉化，而這種逆轉，似乎更接近於愛的真諦，從而與張愛玲一貫的冷漠的、尖刻的筆觸拉開了距離，也使文本的意義在新的闡釋之下展現出應有的豐富性。

李安的鏡頭賦予了男女主人公最大的詮釋自我性格的空間，同時也借助這種對人物情感內因的細膩展現，巧妙地逃避開「政治」的敏感。雖然也有人對小說和電影中美化漢奸的一面大放厥詞，但對比兩個不同的文本，我們發現，李安對「政治」的闡釋已經脫離了國別和民族的因素，而轉化為「性別政治」的對抗。在這一集中衝突中，觀眾的視野跟隨鏡頭悄悄地發生了轉移：撥開嬌媚女間諜的面紗，與一個女子最初的心動不期而遇；透過漢奸的外殼，窺探到一個男性的孤寂且柔弱的內心世界。被賦予血肉情感的王佳芝和易先生，已不再是女間諜和漢奸的對抗，也遠遠超越了革命的忠誠和背叛，對人性的複雜展現遠遠超過了對民族大義的渲染。因此，李安對於政治的書寫是雙重的，大的戰爭背景下涵蓋著民族立場、國別立場、忠奸立場，這些是宏觀的敘事；而在宏大敘事的下層又包含著性別立場、情感立場，展現出征服與被征服、啟蒙與被啟蒙、愛與被愛複雜交織的敘述語境。通過這一敘述策略的轉移，李安成功地將「大政治」的展現變為「小政治」的衝突，將鏡頭從宏觀鎖定為微觀。

總之，張愛玲和李安共同的志趣皆在試圖逃離政治，前者以俯視的姿態

冷眼旁觀，後者則滿懷同情地洞察人物的內心感受。在生與死、情與愛、靈與肉、宏大與卑微的較量中，張愛玲和李安以不同的視野詮釋不同的亂世蒼涼，從而引發人們關乎正義與邪惡、謊言與承諾、情感與理性的更深的思考，這便是文本的重要意義所在。〔註2〕

　　載《海南師範大學學報》2015年第2期，原題《〈色·戒〉的敘述話語轉換——比較張愛玲與李安的闡釋模式》。

〔註2〕本文與馬靜合撰。

思潮論

作為歷史鏡像的「五四」及其意義

　　1919 年 5 月 4 日，作為一個具有重大政治意義的日期，是中國新民主主義革命和中國現代史開始的一個標誌。「五四」又是一個時期，指的中國思想文化史從近代到現代的一個過渡階段，大致從陳獨秀創辦《青年雜誌》的 1915 年 9 月算起，延伸到 20 世紀 20 年代初，即一般所稱中國新文化運動和文學革命的時期。儘管對「五四」的時間座標已有共識，但關於「五四」的意義依然存在歧見。何為「五四」及其傳統，如何評價「五四」傳統，今天的分歧似有擴大的趨勢。這顯然不僅僅是針對歷史問題的爭論，更重要的是關乎中國未來的想像，反映了當下中國正處在一個重大的轉折時期，人們對發展的方向持有不同的看法，對未來有不同的期待。

一、由誰講述的「五四」？

　　誰講述的「五四」這一問題看似奇怪，其實是存在的。作為中國新民主主義革命和目前主流中國現代史的起點的「五四」，是 1919 年 5 月 4 日發生在北京的學生大遊行。這一場由愛國學生打頭陣的群眾革命運動，標誌著中國革命從舊民主主義發展到了新民主主義的階段。新舊之分的標誌，是工人階級登上了歷史舞臺——6 月 5 日，上海工人開始大規模罷工，支持學生運動。次日，上海各界聯合會成立，反對開課、開市，並且聯合其他地區，通告上海罷工主張。6 月 11 日，陳獨秀等人到北京前門外散發《北京市民宣言》，聲明政府如不接受市民要求，「我等學生商人勞工軍人等，惟有直接行動以圖根本之改造」。陳獨秀被捕，又引發各地學生團體和社會知名人士強烈抗議。面對強大的輿論壓力，曹、陸、章相繼被免，總統徐世昌提出辭職，中國代表

最終沒有在巴黎和約上簽字。工人的加入，雖是象徵意義的，但它改變了這場運動的性質，正如毛澤東說的：「五四運動的成為文化革新運動，不過是中國反帝反封建的資產階級民主革命的一種表現形式。由於那個時期新的社會力量的生長和發展，使中國反帝反封建的資產階級民主革命出現一個壯大了的陣營，這就是中國的工人階級、學生群眾和新興的民族資產階級所組成的陣營。而在『五四』時期，英勇地出現於運動先頭的則有數十萬的學生。這是五四運動比較辛亥革命進了一步的地方。」〔註1〕按中國共產黨人的觀點，「五四」是一場愛國主義的政治運動，也是一場愛國主義的思想文化運動，其影響深入到社會生活的各個方面，包括使中國文學實現了從古代到現代的轉型，形成了無產階級領導的人民大眾的反帝反封建的文學。

但是，「五四」作為一場思想文化運動，它與作為群眾政治運動的「五四」是有所不同的，不僅起點不是 1919 年 5 月 4 日這一天，而是一般認為的陳獨秀創辦《青年雜誌》的 1915 年 9 月，而且其歷史內涵也有相當大的差異。作為政治運動的「五四」愛國主義，矛頭指向帝國主義，而作為思想文化革命的「五四」，重點卻是批判封建主義，特別是清除封建思想在愚昧落後民眾中的影響。這種區別，王富仁說得很清楚：「中國民主主義政治革命的主要對象是帝國主義和封建主義。它的主要任務就是推翻帝國主義和封建主義的壓迫。但作為思想革命，二者則並不完全契合。當時中國的思想革命，主要對象是封建主義思想，但它的主要任務並不是改造這種思想的制定者、倡導者和自覺維護者的封建地主階級。中國反封建思想革命的任務，始終是為了清除封建思想在廣大人民群眾中的廣泛社會影響。」〔註2〕這構成了啟蒙主義「五四」觀的核心內容。

不過，今天重新審視「五四」新文化傳統，特別不應忽視那些反對五四新文化運動的人對「五四」的看法。雖然這些人在文學史上常被視為頑固保守派，但他們對「五四」的看法在後來是有影響的，甚至有不少同情者。林紓作為譯介外國名著的先鋒，他指責陳獨秀等人「鏟孔孟、覆倫常」，「盡廢古書，行用土語為文學」，並寫《荊生》與《妖夢》攻擊新文化運動的主將，受

〔註1〕毛澤東：《五四運動》，《毛澤東選集》第 2 卷，人民出版社 1991 年版，第 558 頁。
〔註2〕王富仁：《中國反封建思想革命的鏡子——論〈吶喊〉〈彷徨〉的思想意義》，《中國現代文學研究叢刊》1983 年第 1 期，第 9 頁。

到新文化陣營的猛烈反擊。但冷靜地觀察可以發現，像林紓這樣反對新文化運動和文學革命，雖極為少見——他憑自己的名望，把此前《新青年》與《東方雜誌》就中西文明關係的爭論，推向了極端，顯得頗為荒謬，但他提出的問題卻在後來大半個世紀裏並非沒有迴響。這個問題，實質就是如何更為合理地處理古今文化和文學傳統的關係。林紓反對的是顛覆傳統，所謂「盡廢古書」。客觀地說，他的指責太誇張，因為新文化運動和文學革命的核心人物，他們的反傳統是有選擇性的，主要針對封建禮教，因此才能在反傳統的同時，著手通過舊傳統的批判來建設「五四」新傳統，甚至他們個人的倫理觀念也深受傳統的影響，如魯迅之接受母親的包辦婚姻。但儘管誇張，林紓的指責不能不說體現了一條思路，即傳統不能是斷裂的。

如果說林紓的反對新文化，是因為他認為《新青年》危及了作為中國文化命脈的孔孟之道，稍後的學衡派提出「昌明國粹，融化新知」，則試圖在堅守中國文化傳統的前提下融化外來文明的「新知」，其反對五四新文化運動的激進性與林紓有程度上的差別，但堅持文化傳統的連續性的觀點，卻是與林紓一致的。

1935 年，王新命等十教授發表《中國本位的文化建設宣言》，又延續學衡派引起的爭論，針對陳序經等人全盤西化的文化主張而提出中國本位文化建設的觀點。他們在宣言中開宗明義地說：「在文化的領域中，我們看不見現在的中國了。中國在對面不見人形的濃霧中，在萬象蜷伏的嚴寒中：沒有光，也沒有熱。為著尋覓光與熱，中國人正在苦悶，正在摸索，正在掙扎。有的雖拼命鑽進古人的墳墓，想向骷髏分一點餘光，乞一點餘熱；有的抱著歐美傳教師的腳，希望傳教師放下一根超度眾生的繩，把他們弔上光明溫暖的天堂；但骷髏是把他們從黑暗的邊緣帶到黑暗的深淵，從蕭瑟的晚秋導入凜冽的寒冬；傳教師是把他們懸在半空中，使他們在上不著天下不著地的虛無境界中漂泊流浪，憧憬摸索，結果是同一的失望。」基於這種憂心，他們提出：「要使中國能在文化的領域中抬頭，要使中國的政治、社會和思想都具有中國的特徵，必須從事於中國本位的文化建設。」「要從事中國本位的文化建設，必須用批評的態度、科學的方法，檢閱過去的中國，把握現在的中國，建設將來的中國。我們應在這三方面盡其最大努力。」「不守舊，是淘汰舊文化，去其渣滓，存其精英，努力開拓出新的道路。不盲從，是取長捨短，擇善而從，在從善如流之中，仍不昧其自我的認識。根據中國本位，採取批判態度，應

用科學方法來檢討過去，把握現在，創造未來，是要清算從前的錯誤，供給目前的需要，確定將來的方針，用文化的手段產生有光有熱的中國，使中國在文化的領域中能恢復過去的光榮，重新占著重要的位置，成為促進世界大同的一支最勁最強的生力軍。」〔註3〕他們主張的內容比較模糊，其在建設思路和基本方法論上的新意在於提出中國文化主體性，而且把這個主體性建立在中國現時的社會需要基礎上，而非中國傳統文化的基礎上。換言之，是「中國本位的文化」，而非「中國文化的本位」，強調的是根據社會需要的創新，而非守舊。這顯然是基於30年代的社會文化狀況，堅持反對全盤西化的文化建設立場，與五四新文化運動中「打孔家店」（吳虞）、「不讀中國書」（魯迅）、「拼命往西走」（胡適）的激烈反傳統有很大的不同，也標誌著他們對激進主義「五四」觀的修正。

有意思的是，對激進主義「五四」觀的批評到了20世紀末成了一個突出的現象。1993年，鄭敏先生發表《世紀末的回顧：漢語語言變革與中國新詩創作》，對五四白話文運動否定文言文提出了尖銳的批評，認為這場運動以文白、新舊二元對立的思維邏輯否定文言，成為中國新詩百年沒有像樣成就的一個主因。鄭敏先生字裏行間，暗示五四白話文運動反對文言，就是反對文言所承載的中國古代文明。現在看來，如果說白話文運動否定文言，還是一個事實（是否正確，可以討論），那麼說白話文運動否定文言就是否定文言所承載的古代文化，這就與事實相去遠了。我感興趣的，不是鄭敏先生的具體意見，而是她這個意見所代表的一種思潮，即到了20世紀末，相隔半個世紀，突然再次出現了批評「五四」激進主義的聲音，隨之則是對五四新文化陣營所批判的保守主義者，如學衡派、甲寅派及30年代的中國本位文化派開始重新研究，在為這些保守派觀點辯護的同時，對五四新文化運動和文學革命本身及其代表性人物，如陳獨秀、胡適、魯迅等，提出了批評，甚至相當尖銳。不能不說，這是一種新的「五四」觀！

這種批評到了21世紀初，呈現出越來越強的勢頭。與此同時，國學熱，孔子熱，三字經、弟子規熱，卻成為時尚。2014年底，我參加北京一個中華詩詞的學術研討會，一位八十多歲的老革命，批評一些中國現代文學研究者，說他們中「五四」的毒太深。這樣的「五四」觀，雖然不是主流，但它的影響不容小覷，而其核心顯然是否定五四新文化運動的。

〔註3〕《文化建設》1935年第1卷第4期。

有如此多樣的「五四」。問題來了：你指的是哪一種「五四」，是誰講述的「五四」？

二、從未來想像「五四」

不同的「五四」觀作為歷史的鏡像，反映的其實是想像者所要追求的價值以及目標。不同的「五四」觀錯綜複雜的關係和此起彼伏的交替，則又勾畫出了中國 20 世紀歷史發展的軌跡，其背後的意義要比表面的現象更值得思考。

中國新民主主義革命的「五四」觀，實質是一種政治的歷史敘事。它從歷史真實中突出了「五四」反帝反封建的主題和中國工人階級登上歷史舞臺的意義。反帝反封建的革命，旨在救亡，所以愛國主義成了新民主主義「五四」觀的核心內涵。但這樣的愛國主義，是要從新民主主義躍進到社會主義階段的，也即要體現時代的發展。換言之，把「五四」定義為現代愛國主義的源頭，是受共產黨人關於新民主主義向社會主義過渡的未來想像規範的。不僅如此，中國新民主主義革命以工農聯盟為基礎，中國共產黨人必然要把「五四」的愛國主義與知識分子跟工農相結合的問題聯繫起來。這一點，毛澤東1939 年 5 月 4 日在延安舉行的五四運動二十週年紀念會上發表的題為《青年運動的方向》講演中說得非常清楚：「看一個青年是不是革命的，拿什麼做標準呢？拿什麼去辨別他呢？只有一個標準，這就是看他願意不願意、並且實行不實行和廣大的工農群眾結合在一塊。願意並且實行和工農結合的，是革命的，否則就是不革命的，或者是反革命的。他今天把自己結合於工農群眾，他今天是革命的；但是如果他明天不去結合了，或者反過來壓迫老百姓，那就是不革命的，或者是反革命的了。」﹝註4﹞把是否與工農相結合作為衡量知識分子革命、不革命、或者反革命的標準，這是因為新民主主義革命的主體是工農聯盟，同時又離不開知識分子的參與，因而改造知識分子的思想，使他們走與工農相結合的道路，在毛澤東看來，成了中國革命取得勝利的一個關鍵。毛澤東強調這一點，是革命領袖從他的政治觀點出發向知識分子提出的要求，並把它作為「五四」愛國主義的一個重要內容加以強調，成為吸引進步知識分子參與新民主主義革命的一個思想基礎。

﹝註4﹞毛澤東：《青年運動的方向》，《毛澤東選集》第 2 卷，人民出版社 1991 年版，第 566 頁。

　　啟蒙主義的「五四」觀與新民主主義「五四」觀的關係，有一個調整和變化的過程。在新民主主義「五四」觀形成前，也即在「五四」時期，啟蒙主義的觀點居於思想意識形態領域的中心地位，其突出表現就是從啟蒙意義上來理解五四新文化運動和文學革命。當左翼文學思潮興起後，啟蒙主義的觀點受到了批評，一些激進的左翼批評家匆忙宣布「阿Q」的時代已經死去。他們認為無產階級革命的時代，必須表現農民的反抗，而魯迅等人的描寫農民思想愚昧的人道主義小說也就過時了。直到毛澤東總結中國革命的歷史經驗，創造性地提出了新民主主義的理論，才把五四文學的啟蒙意義與新民主主義反帝反封建的性質聯繫起來，從新民主主義文學的思想高度把五四新文學與左翼文學統一起來，從而使反封建的思想啟蒙納入到了新民主主義的範疇中，成為新民主主義文化的一個重要組成部分。但也正因為是從屬新民主主義文化的，所以五四文學的啟蒙主義內容受到了階級觀點的改造，其中舊時代農民的革命積極性以及舊民主主義革命領導者忽視農民的革命性問題被特別地提了出來，作為中國新民主主義革命的一項重要經驗來強調。在此後相當長的一個時期，思想理論界就是按照新民主主義的理論來評價五四新文化運動和五四新文學，實際上改寫或者說發展了「五四」精神，即淡化其中的個性解放、思想自由的內容，突出愛國主義的精神，把「立人」的「五四」發展為基於階級觀點的愛國主義的「五四」，服務於一個關於在新中國人民當家作主的美好想像。但既然新民主主義革命的根本任務是反帝反封建，所以在反帝反封建的思想基礎上新民主主義的「五四」觀與啟蒙主義的「五四」觀依然保持了歷史性的兼容，它在社會實踐中具體表現為以民主、自由的名義反對國民黨政府的專制與獨裁，同時也重視對落後農民的思想教育，使之跟上新時代的革命潮流。

　　啟蒙主義的「五四」觀，到了20世紀80年代初以新的歷史形態重現。這是因為經歷了「文革」極左思潮的危害與個人迷信所造成的嚴重後果，更多的人深刻地領悟到了「五四」思想啟蒙的歷史任務還沒有完成，而「文革」中的封建主義殘渣湧起，說明現代啟蒙理性依然具有現實的意義。正是基於這樣的背景，學術界呼籲回歸「五四」，推動新時期的思想解放運動。具體地說，就是重新審視現代文學史上的作家作品、文學論爭和文學思潮，特別是研究魯迅，把政治革命視角中的魯迅依據歷史主義的原則重新納入思想革命的視角，強調魯迅的《吶喊》與《彷徨》是中國反封建思想革命的一面鏡

子〔註5〕，發掘「魯迅」的現代啟蒙的思想史意義。這些正本清源的工作，是恢復實事求是的思想傳統、運用歷史唯物主義方法所取得的成果，其背後則是確立了未來中國的新方向——建設一個現代化的中國，與世界潮流接軌的繁榮富強的中國，而不是一個階級鬥爭年年講、月月講、天天講，而經濟瀕臨崩潰、文化遭受摧殘、社會陷於危機的中國——從這樣的關於未來中國的想像出發來重新理解「五四」，強調「五四」的啟蒙理性的意義，事實上構成了新時期思想解放運動極為重要的內容，對於推動中國歷史進步發揮了重大作用。

新時期啟蒙主義的「五四」觀，當然不是五四時期啟蒙主義的「五四」觀的簡單翻版。這是因為新時期的「五四」觀在社會主義發展到新階段的條件下有了新的時代內容，因而關於未來中國的想像與五四時期有了重大的差別。如果說五四時期啟蒙先驅關於未來自由民主新中國的想像還是朦朧模糊的，停留在一般自由民主的水平，那麼到了80年代，有了正反兩方面的歷史經驗，特別是極左路線的沉痛教訓，中國人民對於自己追求的目標變得更為清晰和明確，自覺地選擇了中國特色的社會主義道路。此時強調新啟蒙，就是清除現代迷信的流毒，解放思想，以經濟建設為中心，調動人的積極性，建設中國特色的社會主義。新啟蒙的「五四」觀，就是由這樣的未來中國想像所規範的。

歷史發展不會一帆風順，前進路上肯定會遭遇新的問題。20世紀90年代中期開始，隨著中國經濟的發展，社會貧富差距拉大，腐敗現象趨於嚴重。如何落實社會主義共同富裕的原則，糾正社會不公現象，成了人們關注的一大焦點。這一問題具體到文化建設上，就再一次與「五四」發生了關係。具有標誌意義的是，一些思想解放運動中的先鋒人物，此前已經轉變了態度，開始回歸改良主義的道路，實際上也就改變了對「五四」的看法。比如李澤厚提出「告別革命」的口號，開始推崇改良性質的發展模式。〔註6〕這一轉變，具有預兆意義，表明中國社會從激進主義的革命模式向改良主義模式轉型，由此帶動了思想理論界出現了反思激進主義文化的思潮，而且因為這種思潮

〔註5〕王富仁：《中國反封建思想革命的鏡子——論〈吶喊〉〈彷徨〉的思想意義》，《中國現代文學研究叢刊》1983年第1期。
〔註6〕李澤厚的「告別革命」，有意為改革開放提供理論支持，但這個口號自身涉及怎樣評價中國革命的歷史問題，所以是存在爭議的。

有利於社會的有序和穩定而受到主流意識形態的鼓勵。於是，出現了前述的國學熱、孔子熱，「三字經」、「弟子規」熱。作為這一思潮的重要部分，就是開始對五四新文化運動和文學革命進行反思和批判，同時為一些在五四新文化運動和文學革命中受到批判的，比如學衡派、本土文化派，進行「平反」，認為是這些人代表了「五四」以來思想界的穩健力量，而陳獨秀、胡適、魯迅等人則是文化傳統的破壞者，導致此後新詩的乏善可陳、人倫道德的敗壞，甚至認為文化大革命就是「五四」激進主義傳統的一個災難性後果〔註7〕。這種保守思潮影響到中國現代文學學科，又表現為超越「五四」，向晚清尋找現代文學史的起點。這些觀點的保守性，就在於事實上降低了五四新文化運動和文學革命對於現代思想史、現代文學史所具有的重大意義，削弱了現代啟蒙理性的歷史地位。

當然，不可否認，在社會利益和思想趨於多元化的條件下，這種保守主義的「五四」觀難以做到一統江山，反而引起了激烈的爭議。爭議的焦點，並非純粹的理論問題，而是一個實踐的問題，或者說是從未來想像中國的問題。「五四」的批評者和批判者，所希望的未來中國與「五四」時期的知識分子所想像和期待的中國存在重大差異。這主要不是百年前的想像模糊籠統與現在的清晰明確，而是對變革的期待在性質上有了不同。指責和批判五四新文化運動和文學革命的，所期待的中國是一個告別了革命的中國，既不同於「五四」式的中國想像，也不同於毛澤東式的中國想像，同樣地也不同於新時期思想解放運動中一些知識分子的中國想像。誰都希望未來的中國是一個繁榮富強、和平崛起的中國，但問題是指責和批判「五四」，有助於實現這個目標嗎？在這種質疑和批判聲中，是不是存在著喪失現代化和改革開放動力的危險？

三、歷史規定中的「五四」

歷史的鏡像，不是歷史本身，但並非沒有意義。歷史研究的目標當然是還原歷史，揭示真相，但人們所能做的大多只是在朝向這個目標鍥而不捨地前行。在此過程中建構起來的歷史話語，作為歷史的鏡像，是存在的反映，但又受到講述者主觀因素的影響。正因為如此，後來的研究者便有可能借它

〔註7〕持此種觀點者，只看到現象，而沒有意識到如果真正繼承了五四的理性批判精神，就不會有「文革」的建立在現代個人迷信基礎上的全民狂熱。

來考察人類思想發展的軌跡，從中發現歷史本身和人們認知過程中的一些重要而有趣的問題。

不同的「五四」觀，除了透露出「五四」本身歷史意義的豐富，還能告訴我們，怎樣評價「五四」，其實有一個隱藏在它背後的思想邏輯。啟蒙主義的「五四」觀，代表了「五四」反封建思想革命的時代需要，為個性解放和思想突圍提供了充分的依據。左翼知識分子的「五四」觀，初時犯了割斷歷史聯繫的左傾幼稚病，是毛澤東把「五四」定義為新民主主義革命的歷史起點，克服了左傾錯誤，使中國共產黨領導的新民主主義革命獲得了超越舊民主主義革命的正當性和合理性，「五四」也就成為凝聚革命力量的重要思想資源。這充分展現了一個政治領袖的敏銳眼光和傑出的理論創新能力。保守主義的「五四」觀，不同程度上代表著保持歷史的聯續性、反對激進變革乃至回歸傳統的訴求，而它發展到新的世紀之交，表達的不過是對中國發展前景的另一種展望罷了。這告訴我們，應該把不同的「五四」觀看成歷史的鏡像，通過它去研究其背後的歷史緣由，梳理其發展的脈絡。這樣才不至於迷失在歷史表象中，比如看到什麼就以為是什麼，從而犯下與盲人摸象類似的錯誤。

但是這也提出了一個問題，即今天我們應該怎樣來認識「五四」，如何看待不同的「五四」觀？有兩種態度和方法，一種是照著過去的邏輯，從自己對未來中國的想像出發，或者說從自己對現實中國發展的訴求出發，來闡釋「五四」和「五四」傳統，講述愛國主義的「五四」傳統，知識分子經由思想改造走與工農相結合道路的「五四」傳統，或者推進思想解放的啟蒙主義「五四」傳統。另一種則是單純地回歸歷史，而不涉及關於未來的想像和意義的糾結。這兩種態度和方法，產生的結果是不同的。比較起來，前一種態度和方法產生的是基於對中國發展期望所做出的結論，受到「未來」的規範；後一種態度和方法則執著於歷史真相，重點是指向過去。可是，這兩種態度和方法又是可以統一的，即在指向「未來」的同時又返觀「過去」，或者依據「過去」的經驗來想像未來。這樣就不至於脫離歷史語境，而是從過去與未來的辯證統一中來闡釋「五四」的意義。這種跳出歷史來看歷史的方式，正是我們相對於先輩所佔有的優勢。

回到前一節最後提出的問題。保守主義者批評「五四」，其出發點並非回到「五四」語境，去考察「五四」的時代特性，而是從他們認為的當下中國發展所要解決的問題出發，反對「五四」的激進主義。他們傾向於從中國傳統

文化中尋找思想資源，來建設當下的新文化，維護社會思想秩序和道德秩序，實現社會的平衡發展。這種反思與批評的聲音，有助於人們從新的角度來思考和發掘「五四」的思想資源，但如果超過了合理的度，把「五四」傳統與現代化的方向對立起來，則就有可能既背離歷史，又脫離現實，犯下實用主義的錯誤。以前述極端的所謂追求變革的知識分子「中『五四』的毒太深」為例，這種反歷史主義的觀點在當下傳統文化復興的背景下有一定的代表性。說這話的老者，其實忘記了正是五四新文化運動為馬克思主義在中國的傳播掃清了思想障礙；而當中國革命取得勝利，雖走過一些彎路，到上個世紀 80 年代初找到了改革開放的道路，這時卻來否定為馬克思主義傳播和中國革命勝利創造了條件的五四新文化運動，把它簡化為激進主義的文化符號，並且視其為破壞社會穩定的思想根源，這就既不符合歷史事實，也無助於推進今天的現代化建設。這就像一個人住在五樓，卻大聲喧嘩說要拆除他五樓以下的建築一樣荒謬——五樓不能憑空存在，歷史也不能依據某種需要而隨意加以遮蔽。

那麼，今天該怎樣看待歷史上的「五四」，又如何從過去與未來的辯證統一中來理解「五四」，釐清「五四」的精神內涵？這顯然是一個大題目，需要專題研究，本文只能在剩下的篇幅中就此談點粗淺的看法。

一是回歸「五四」的歷史語境。五四新文化運動的發生有其具體的歷史背景，即以儒家為核心的傳統文化到晚清，已經對外不能協調中西的利益關係，既不能抵禦西方炮火，又不能抵禦西方的思想。其實質，是中國傳統文化中的重農抑商觀念以及與此相適應的倫理體系，適合以農業為基礎的社會結構，與西方基於現代工業發展的國際交往需求發生了猛烈衝突。而當衝突發生，西方列強用大炮打開中國國門後，一些人還在希望以中國固有之文明來加以應對，結果就像魯迅嘲諷的，《易經》咒不翻人家的潛水艇。外來勢力的侵入，引起中國社會內部的深刻變化，此時再試圖用傳統文化那套勸人安於現狀、不要犯上作亂來維持社會的穩定，已經變成白日夢囈。五四新文化運動，雖然直接針對辛亥革命後的政治混亂，更內在的原因則是傳統文化面對內外巨變束手無策，先驅者試圖尋找一條新的救國救民的道路。他們發動了一場無論規模還是深度都遠超梁啟超在 20 世紀初開始的啟蒙運動，其激進的姿態是歷史的語境及他們承擔的時代使命所規定的，而且其所針對的只是傳統文化中不再適應現實發展需要的部分。他們為傳統文化的現代轉型注入

了巨大的活力——而他們的實踐，仍在歷史之中，沒有、也不可能割斷與中國傳統文化的聯繫。看「五四」，就應該如此把它放到歷史的語境中去，不能用今天倡導傳統文化來說明「五四」當年批判封建禮教錯了——當你這樣做時，時空錯位，你說的「五四」已不是當年的「五四」，你說的傳統文化也非五四新文化運動所批判的傳統文化，而不過是借評說「五四」的由頭來為當下試圖保持某種秩序和利益體系提供一個注解罷了。這顯然不是歷史主義的態度。

二是理性評估「五四」的當代意義。五四新文化運動以徹底反封建的姿態，成為中國文化從傳統進入現代的一個顯著標誌。它的激進性，既是一個歷史的產物，同時又具有新的時代意義。換言之，它所反對的既是一些僵化的教條，也是某種因循守舊的思想作風。它在實踐中不時地被注入新的時代內容，成為現代化的強大思想動力，這是被 20 世紀不同時期的思想解放運動和社會進步所不斷證明了的。究其根本原因，就在於從「五四」開始的新民主主義歷史階段，追求一個現代民族國家的現代化夢想，前承辛亥革命的制度變革成果，後推中國社會的進步。今天中國的現代化夢想，從本質上說，就開始於作為新民主主義歷史起點的「五四」——當然，是作為一個階段的標誌意義的那個「五四」。這就不難理解，五四新文化所蘊含的現代啟蒙理性精神、人的主體自覺精神和對歷史的責任感，即從個人與社會的統一中確立價值理想的那種文化觀念，在今天仍然發揮著重要作用。這種作用是與中國社會的現代化進程相始終的。一切反對「五四」啟蒙理性精神和人的主體自覺精神的觀點，認為「五四」破壞了中國文化傳統、犯下嚴重錯誤的觀點，本身就是缺乏歷史眼光和現實關懷的守舊思想的一種表現。我們要做的工作，不是簡單地批判和否定「五四」，而是從「五四」傳統所擁有的現代性思想資源出發，結合新時代的特點，加以發揚光大，使它在中國現代化進程中相當長的時期內始終保有新鮮的思想活力。

三是確立具有普遍性的「未來」維度。關於「五四」的不同理解乃至爭議，既然根源於對未來中國的不同想像——「過去」是未來的「過去」，未來是「過去」的未來，那麼，要歷史地看待「五四」，並使「五四」精神保有活力，就必須從一個具有普遍性的未來維度來凝聚和發展「五四」的傳統。人們所理解的「五四」各有側重，那麼具有未來意義的「五四」傳統，就應該合乎中國未來發展的歷史要求。「五四」精神是歷史的存在，但同時又應該、而

且必須根據未來的長遠目標來定義，隨著時代的發展不斷激發其內在的活力，而不是害怕它的思想活力，依某一階段的特殊需要來簡單地加以批判和否定。這後一種態度發展到極端，就是極端文化守舊主義者的思想邏輯。他們反對革新，因而對「五四」持批判甚至否定的態度。這樣做，對中國社會發展所起的作用往往是消極和負面的。

載《中文論壇》第三輯（2016 年）。

作為歷史鏡像的
魯迅研究及其方法論意義

在現代中國文學史上，魯迅的作品堪稱經典。其實，「魯迅」即是經典。魯迅作品的經典性，在於這些作品反映了中國社會從近代向現代轉型過程中一些本質性的東西。一個具有悠久歷史文化傳統的國度，到了近代屢遭西方列強的侵略，後經辛亥革命，建立起亞洲第一個資產階級民主共和國，然而社會發展仍然面臨嚴重挑戰。前進與倒退，革新與復辟，摻和了不同社會力量的利益角逐，糾結著中西與新舊的思想鬥爭，造成了 20 世紀前半葉中國強烈的政治動盪和重大的民族災難。魯迅的作品，就是他對自己所置身的半封建、半殖民地中國社會深刻觀察和思考的藝術結晶。五四時期，他站到了反封建思想革命的前沿，他的創作體現了五四文學革命的「實績」，成為新文學的一座高峰，並以這一高峰象徵著這個新舊蛻變時代的複雜性。左翼十年，魯迅基於思想革命所遭遇的困境——思想革命在中國難以用啟蒙手段喚醒它所要啟蒙的對象，那些處於社會底層的被壓迫的愚昧者沒有接受教育的權利，沒有文化，處在被壓迫的境地，卻滿腦子封建正統觀念，接受不了現代文明的思想，魯迅因此對思想革命感到失望，經歷幾年彷徨後，他按照「立人」思想原先的內在邏輯，尋找新的推進社會改革的道路——當他發現社會革命能夠動員起思想革命對之感到無能為力的底層民眾，讓他們渴望改變自身處境的要求發展為自覺地改造社會的革命力量，他就在新的思想理論的影響下，向左翼靠攏了，並在鬥爭實踐中成為左翼文化的一個精神領袖，左翼文學運動的一面光輝旗幟。

在 20 世紀的中國，沒有一個作家像魯迅這樣，他的整個文學創作與他所

生活的時代發生了如此深刻的聯繫，不僅深刻地反映了這個時代，反映了這個時代從底層民眾、知識分子到紳士階層及至上層統治階級的眾生相，刻畫出了沉默的國民的靈魂，提出了國民性改造的時代主題，而且深刻地反映了社會轉型的艱難複雜，揭示了社會變革過程中思想鬥爭的激烈和尖銳，而轉型的艱難複雜和思想鬥爭的激烈尖銳，又折射出了中國新民主主義革命時期的一些重大問題，其中包括圍繞魯迅而展開的左翼內部的矛盾和鬥爭。魯迅去世後，「魯迅」其實仍然活著，他被一次次地捲入中國革命不同時期的思想鬥爭、路線鬥爭，甚至「參與」到中蘇兩黨的意識形態衝突——中共「九評」和蘇共《真理報》的文章相互交鋒，卻常拿魯迅說事，引魯迅的觀點作為論據。可以說，在魯迅的時代，乃至他去世以後，不計其數的人，無論是敵人還是朋友，都與魯迅發生過糾纏——敵人的受打擊當然不在話下，而不少魯迅的同志和朋友，比如馮雪峰、胡風、周揚、夏衍等，也因為與魯迅的關係，其個人的命運發生了重大變化。這主要就因為魯迅以他的創作和文化活動，深深地介入了他生活的時代，而他生活的時代依然影響著他身後的中國社會——他與 20 世紀中國的政治結下了不解之緣。這是魯迅的光榮，但也未嘗不是魯迅的無奈。

魯迅的無奈，相當程度上是中國社會本身的問題，並且成為魯迅形象的一個組成部分。魯迅在世時，他參與了無數次思想文化鬥爭。他去世後，對他的研究成了中國共產黨執政後思想文化建設的一個重要部分。因而圍繞魯迅的論爭，關於魯迅研究的突破和紛爭，常是中國思想文化乃至政治變革的先聲。在這樣的過程中，先是魯迅自身在發展變化，他去世後他的形象又被不斷改寫。變化和改寫，包括極左政治對魯迅形象的扭曲，也就是經典化的過程。魯迅的經典化像一面鏡子，折射出了中國社會不同發展階段的一些重大問題。

魯迅形象的歷史性嬗變，造成了其內質的不確定性。因此，當魯迅的嫡孫周令飛問「魯迅是誰？」的時候，一點也不使人驚訝。周令飛說：「這幾年來，我心裏面有很大問號。第一個問號，『魯迅是誰』，我認為面目全非。」「我聽我的祖母、我的父親告訴我，當時在上海雖然他也在打筆仗，但是在上海故居裏的生活品質絕大多數是好的。他喜歡看電影，經常去看美國大片，喜歡逛書店，頻繁地逛書店。生活中他不缺吃、穿，他有很多的朋友一天到晚到他家裏來聊天。昨天晚上打筆仗，今天一同吃飯。還有，他娶了一位年

輕的太太，有了我父親這個孩子，每天抱在手上。生活是這樣的快樂，我覺得是很豐富的……這樣的一個人是不是像大家描述的那樣，那麼絕望的死去？」〔註1〕周令飛不認同一些學者所建構的「魯迅」形象，他認為把魯迅說成是在寂寞、孤獨甚至絕望和怨恨中死去，這不準確。這反映了作為魯迅嫡孫的他對魯迅的觀感，或者說是家庭生活親歷者視角中的魯迅形象，但這也就提出了一個問題：什麼樣的「魯迅」才是真實的？這一問題隱含著雙重意義，一是說明魯迅是一個真實的歷史人物，他生活在時間中，二是說明魯迅又是一個被歷史所塑造的人物，這個形象有一個建構的過程。

因此，今天研究魯迅其實有兩種思路，或者說是兩種相互聯繫但又有區別的模式。一種是研究魯迅的本體，研究魯迅這個人，努力回到魯迅那裡去，向後人還原一個真實的魯迅，客觀地評定他的文學成就和思想貢獻，評價他在現代文學史、現代思想史、現代革命史上的地位。但還原真實的魯迅有那麼容易嗎？魯迅自身也是變化的、複雜的。變化，相對於時間而言，看重魯迅在時間中的展開；複雜是就空間的存在而言，指魯迅在同一個時段內呈現為一個複雜的存在。有誰敢誇口，說他關於魯迅的整體認知，完全與歷史中的魯迅一致，並揭示了魯迅的全部意義？這意味著，我們要不斷地研究魯迅，把魯迅研究推向深入，但不能武斷地標榜說完全把握了歷史中真實地存在的那個魯迅。於是，第二種研究模式擺到了人們面前，就是從追問本體意義上的魯迅，轉向考察現象學意義上的魯迅，考察關於魯迅的研究、關於魯迅不同認知背後的意義。我們大可不必驚訝於對魯迅的無限推崇或者惡意的攻擊，無論說魯迅是封建階級的二臣逆子，偉大的文學家、思想家、革命家，共產主義戰士，民族魂，毛主席的好學生，還是有閒階級，落伍的人道主義者，封建餘孽、兩重反革命，中國的堂吉訶德等，這都是正常的社會現象，重要的是這些說法背後的意義。這些意義明顯地關乎 20 世紀中國的歷史，也涉及到了一些重要的人物，影響到這些人物在歷史上的地位或者他們的個人命運。說魯迅是封建餘孽、二重反革命，雖然荒唐，但荒唐背後有深刻的東西，它是當時一部分知識分子對中國社會革命認知的一個反映——這是一種什麼樣的認知，其思想根源是什麼，其思維邏輯又反映出什麼問題，這些都是值得研究的。這與許廣平先生說魯迅是「毛主席的好學生」一樣，不是簡單的荒唐，而是一種深刻的歷史現象。這樣來研究魯迅，實際上就是把經典化的魯

〔註1〕周令飛：《「重讀魯迅」與當下意義》，《上海采風》2011 年第 5 期。

迅視為歷史的鏡像，來研究這一歷史鏡像所折射出來的社會歷史問題。這超出了文學研究的範圍，而跨越到了中國思想史、中國新民主主義革命史，甚至是中共黨史的領域。中國現代作家中，只有魯迅才最適合做這樣的跨學科的研究。

從魯迅經典化的歷史中考察作為歷史鏡像的「魯迅」所具有的意義，是審美的批評，是對魯迅精神的審美思考和對魯迅作品的審美觀照，但它又不是一般的審美批評，而是從審美深入到了社會歷史的進程中，從魯迅創作和戰鬥所構成的「形象」來透視 20 世紀中國的一些重大問題。「形象」在此既可以視為作品中的某類形象，它被置於特定的背景，賦予了特別的意義。這一意義是作品本身所具備或者可以承擔的，其實是被研究者發現的，用來表達我們對社會或歷史的某種意見。「形象」，也可以具有更為普遍性的特徵。魯迅創作中所呈現出來的精神特徵，他所觸及的民族文化心理問題，構成了一個國家、一個民族在一個歷史時期裏的精神面貌、文化性格。把它們作為「形象」來研究，其實就是從文學來研究一個國家和民族的帶有某種普遍性的社會歷史問題。形象學的研究，多被用在比較文學的學科，就是因為這一意義上的「形象」具有跨國界、跨文化的比較研究的價值。

這實際上也是一種文學社會學的研究方法。文學社會學，側重於研究文學與社會的關係，進行所謂文學的外部研究，一度名聲不好。這主要是因為在極左年代，文學社會學的研究脫離文學的審美屬性，常被用來證明「左」的政治命題，強化文學的「戰鬥武器作用」。隨著「左」傾政治的惡性發展，社會發展越來越偏離正常軌道，文學研究中的「革命性」要求與正常的人性越來越對立，政治與審美的衝突日趨激烈，一些研究者聽命於「左」的政治，扭曲文學的審美本質，使文學社會學的批評最終淪為陰謀政治的附庸。但是，這並非文學社會學本身之過，而是其運用的失當。

文學是人學。文學表現的對象是人，是人與人、人與社會和人與自我的關係。離開人的社會存在，審美就只剩下抽掉了社會生活內容的形式元素，這並非文學之幸。文學批評不可能脫離人的社會性存在，因而從文學社會學的角度來研究文學及其功能和價值也就有了充分的理由。重要的不是把文學社會學驅逐出文學研究的領域，而是要認真總結正反兩方面經驗，在避免重犯歷史上庸俗的文學社會學錯誤的同時，發揮文學社會學在文學研究中的積極作用，開拓中國現代文學研究的新領域，推動中國現代文學研究的發展。

　　遵循審美的規則，重視文學表達的特有方式和具體的細節，同時又不限於文學的審美屬性，而要從審美中發現社會的、歷史的、人類的等重要的人文課題，探討這些問題的豐富意義。換言之，我們從魯迅與 20 世紀中國的深刻而廣泛的聯繫中選取一些重要的質點，探討「魯迅」形象的嬗變和建構的歷史，研究這部歷史深處潛藏的社會問題和思想意義；考察魯迅作品的一些重要觀念，比如時間和空間的意識，研究他的焦慮和他的藝術想像，目的不僅僅是總結文學的經驗，而是更為注重歷史經驗的總結，通過魯迅的研究獲取推動社會進步的思想和藝術資源。這需要一些相應的學術準備，比如懂得文學和美，能進入審美的境界，而又需要歷史學、社會學、人類學的一些修養，能夠從文學發現社會的、歷史的、人類學的問題。僅僅審美，不足以解釋魯迅，僅僅社會學、歷史學、人類學的研究，也不是作為偉大的文學家的魯迅的研究。

　　期待魯迅研究有一個新的局面。

　　原為商務印書館 2021 年 1 月出版的《經典「魯迅」：歷史的鏡像》序。